Troublemaker
就愛找麻煩

安德魯・克萊門斯 ⑩

Troublemaker
就愛找麻煩

文◎安德魯・克萊門斯
譯◎周怡伶　圖◎唐唐

遠流出版公司

校園好評推薦

（依來稿先後排序）

如果想要未來有什麼不一樣，那一定要從現在就有改變。只要願意有一點點的改變，外在的服裝和行為、內在的想法和情緒，也都會開始變得不一樣。這不但影響了別人對待自己的方式，連自己如何看待自己也會變得不同。

能不能改變，除了自己的毅力之外，家人的陪伴、朋友的支持、長者的信任和一些些的幽默感，都是不可或缺的因素。

這本書非常的好讀，而且布局行文頗具懸疑性，同時對於青少年學生的閱讀也沒有負擔，並可帶入近期最夯的話題——霸凌。透過這本書，可以學習堅定意志，憑著一股願意改變的勇氣與毅力，逐漸遠離情緒和無知所醞釀的風暴。

我是快樂的小潘潘校長，在閱讀這本書的時候，我很感謝書中的凱林校長伸出了接納和信任的手，引導調皮、搗蛋和愛找麻煩的克雷以負責的態度面對自己，改善了自己的行為和心智；同時，也激發了好朋友漢克在未來的發展。

我希望我的小朋友，在好玩、探索之餘，也逐漸學會尊重他人，誠實的面對自己，儘量不要成為一位麻煩製造者，而是懂得負責、領會善意的好孩子。

——新北市秀朗國小校長　**潘慶輝**

故事從一幅校長變驢子的畫作開始。

一向惹麻煩、愛搗蛋的克雷，一夕之間變得循規蹈矩起來，成了眾人眼中的「突變」！是膽子小了？個性變好了？還是別有玄機？

故事每個章節都是柳暗花明的轉折，令人忍不住想繼續看下去。

這本書也觸及「勇敢」的議題。究竟「愛耍酷、作弄人」是「勇敢」，還是「守規矩、能認錯」才算「勇敢」？本書給了讀者很有意思的想像。

至於那頭驢子，牠在整本書中的串場角色，倒是扮得不賴！

——臺北市明德國小校長・兒童文學作家 **林玫伶**

社會紛擾之際，需要培養能深思明辨的社會公民，那就要落實品德教育。《就愛找麻煩》文筆流暢，故事內容生動有趣，很容易引起學生的興趣，適合國中小學生閱讀，更是品德教育閱讀理解與討論的極佳素材。

品德教育就是價值教育，需要體驗、省思與實踐，更需要大人的理解、諒解、引導、支持與典範的增強。主角克雷的轉變雖然戲劇化，卻隱藏著年輕人的成長掙扎與矛盾，也是很多大人的期許與難為。這本書值得用心閱讀、用心思考、用心討論。

——新北市永和國小校長 **吳順火**

【安德魯・克萊門斯】系列向來引領著一顆顆純潔心靈找到有趣的閱讀桃花源。而這系列的第十本《就愛找麻煩》又將以發燒的故事，帶領你我走進心靈成長的奇妙世界，看見不一樣而有趣的真實人生。

「麻煩」就像呼吸的空氣，時刻都在身邊環繞，而如何讓「麻煩」真的能像空氣一樣，因為擁有了它，生命更加活力無限、精彩無比，才是最需要學習的部分。就讓我們敞開心胸迎接《就愛找麻煩》，因為它正牽引著你我，學會「尊重、包容與愛」。

——臺北市東湖國小校長 **翁繩玉**

信任是什麼？它看不見也摸不著，卻是人與人之間維繫良善關係的黏著劑。信任，就是當遇到麻煩時，仍堅信恆久忍耐的愛足以改變一切，而我們最需要的，正是一顆不怕麻煩的心。

這本書使「好學生」了解班上所謂「壞學生」表現出來的不良行為，有時候一開始只是為了滿足好玩的那顆心，那是玩心，不是壞心；壞學生也許知道自己那顆玩心所趨動的行為，在別人的眼裡久而久之可能會演變成存心不良。

但是如果想要改變自己，還是可以學故事中的克雷說：「我真的會試著學好，從現在開始。真的。」師長從這本沒有教條的小說裡，也可以學習與孩子產生信任的對話，然而，那需要愛、時間、耐性與幽默感來催化。

——臺北市興華國小教師 **黃瀞慧**

大人要引領孩子從調皮搗蛋到步入正軌，需要很多的包容、體諒與信任。每一個人如果都把自己出於愛與關懷的心誠懇的表達出來，就能以這樣的氛圍感動孩子，啟動他反思自己的行為，導正自己的作法；也能再一次印證高壓、斥責與放棄，完全無益於孩子行為的改變。

這本書讓我們看到孩子轉變的歷程，大人與小孩都可以從中學習。作者深刻細膩的描寫人物心中的想法，對於轉折與改變有合於情理的交代，情節緊湊得讓我們打開第一頁就無法停下來，實在是

校園好評推薦

一本值得推薦給親師生的優質校園小說。

——臺北市文化國小校長 **鄒彩完**

找麻煩≠壞孩子。當我們可以同理孩子，用孩子的眼光、高度去同理他們，校園裡的紛爭將會降到最低。

《就愛找麻煩》談的正是校園裡天天都可能發生的事實，若用正向的處理方式，孩子的不良行為，不但可以被削弱，甚至能夠因而開發潛能；但萬一處理不當，就有可能抹煞孩子的前途。因此，《就愛找麻煩》這本書，極適合現階段校園裡的師長、學生及父母們閱讀。

讓師長們用較寬廣的心接納孩子，並適時加以引導，給予機會；同時也讓校園中那些愛找麻煩的孩子，有機會自我沉澱、省思，找到正向解決問題的方法；也讓為人父母者知道如何面對愛找麻煩的孩子，並以適當的方法，把孩子帶上來。

在校園民主化的潮流下，營造一個自律、自尊、尊人的生活學習環境，是刻不容緩的事，而類似的故事宜多多的推廣，特藉此予以推薦。

——臺北市私立靜心國民中小學校長　簡毓玲

《就愛找麻煩》是一部非常有「意思」的校園小說，相對於目前學校所倡導的那種「秩序」、「規範」、「教導」的學習文化，它提供了一些值得玩味的反思，或許校園裡就有這樣的少年文化呢！

小說的主人翁克雷・韓斯利，原本是一個「就愛找麻煩」的校園小魔王，因為信守對哥哥的承諾，百般痛苦的克制搗蛋的習性，逐步走向「不搗蛋，也有好玩」的境地。但是，當他不找麻煩時，麻煩卻找上他，讓他再度陷入「危機」……

這本小說張力十足，緊張情節一路發展，不到最後一刻不見分曉。當然這也是一本很有「意思」的「品德教育」好書，書中「信任」、「勇敢」、「孝順」、「友愛」的品格，躍然紙上，建議您不妨來親子共讀吧！

——臺北市康寧國小校長 **連德盛**

1 不妥當

克雷．韓斯利面對桌上的畫紙皺起眉頭。這幅畫得不好。他畫過幾百幅更好的，像是一個老男人坐在橋上那幅畫得可真好，甚至還得獎了。眼前這幅呢？還過得去啦，只是簡單的人物畫嘛，要說得獎是不可能的，這畢竟不是為了比賽畫的啊。這幅畫另有用途，等著瞧吧。

克雷以眼角餘光瞄到教美術的戴許老師從座位上站起來。這堂課快結束了，一如往常，老師接著要開始巡視每個人的成果。

克雷瞇著眼，繼續在畫上修修補補。他在這裡加點陰影，那裡擦掉一些，想讓畫裡人物的表情更對味一點，正確地說，整個頭都需要更對味一點才對。這可不容易。

耳朵很難畫，鼻子也是。眼睛呢？拜託，畫人可不像畫樹或畫一顆水果。

戴許老師現在走到教室的後面了，他輕聲的說話，在各張桌子之間遊走。

「你看，山和天空交接這裡的線條要更細一點，筆觸輕一些，每樣東西看起來會比較遠。前景的樹畫得很仔細，不錯。」

戴許老師應該是在對瑪希雅說話。在六年級之中，她是除了克雷之外，唯一能夠獲得這種評語的同學。

克雷繼續埋頭畫著，不過，他愈來愈緊張，幾乎快用手把鉛筆捏斷了。他拿起橡皮擦做了個修改，接著，他想到一個點子。他從牛仔褲口袋裡掏出哥哥米契爾的手機，動作十分小心，免得引人注意。要是手機被沒收的話，米契爾可不會放過他的。他拿著手機，點選照相功能，把畫拍下來，共拍了兩張，然後火速把手機塞回口袋，再拿起鉛筆。

戴許老師已經走到克雷這一排。

「有進步喔，詹姆士。」

老師又挪近了幾步。

「這些陰影喔……不要用力運筆，這樣看起來會髒髒的。」

「但我就是想畫深一點啊。」

說話的是布萊安，這時老師距離克雷只剩兩桌。

「那就換一支鉛筆，筆芯用4B或6B的。」

克雷假裝自己忙著畫畫，不過他很清楚，戴許老師現在就站在他身後看著他的畫。

他聽到老師猛抽一口氣，屏住呼吸。

克雷開始數秒。一千零一、一千零二……美術老師終於緩緩的開始吐氣。

接著，他說話了，聲音低沈而緊繃。

「克雷……」

克雷繼續畫。

「克雷，停筆，不要再畫了。」

他轉身，仰視著戴許老師。「為什麼？」

「你自己知道，克雷。這……這不太妥當。你的畫並不恰當。」

克雷換上一臉疑惑的表情。「是你說我們今天可以畫任何東西啊，而我想畫一個蠢蛋。」

好幾個同學在笑。全班同學都轉過頭來，坐在他旁邊的幾個同學探頭探腦想看他的畫。

克雷努力忍住不要笑出來。他開始想像，如果把這件事告訴米契爾的話，會有多好玩。

戴許老師稍微提高音量。「請不要說『蠢蛋』。」

克雷翻了翻白眼。「好吧，我畫的是一頭驢子，一頭長得很好笑的驢子，就這樣。我覺得我畫得很棒，你不覺得這真的是一隻傻不嚨咚的驢子嗎？」

更多同學笑了出來。

戴許老師轉頭瞪著全班。

「同學們，」他咆哮著：「安靜！」

教室裡瞬間安靜下來。這位美術老師身高超過一百八十公分，肩膀寬闊，手掌巨大，還留了一臉紅鬍子。沒有學生敢違抗戴許老師的命令。

只有一個人例外。因為，克雷還在繼續發表高見。

「別這樣嘛，戴許老師。如果你早說：『不管畫什麼，就是不能畫戴著眼鏡的驢子。』那我就不會這樣畫啦。但是你沒說嘛，所以我就畫了一隻戴眼鏡的驢子，而且牠還留鬍子喔。」

接著，克雷把他的畫舉高，讓每個同學都看得到，藉此證明他說得沒錯。

果然沒錯。他真的畫了一頭留著小鬍子的驢子，身上穿著休閒西裝外套，搭配條紋領帶，戴著深色邊框的眼鏡。這頭驢看起來特別蠢，而且很滑稽。

不過沒有一個同學在笑。

因為這頭長臉驢看起來就像某個人，一個真實存在的人。每個小孩都怕他，除了一個人之外。

克雷所畫的這頭驢子，看起來就像凱林校長，也就是楚門小學的校長。

2 故意搗蛋

克雷很清楚自己在做什麼。他是故意畫那張圖的，而且，他是故意讓戴許老師看到，故意舉高讓全班同學也看得到。最後這一點很重要。

因為這樣，戴許老師就不能只是罵他幾句就走開，不可能。

班上每個學生都看到校長被畫成一頭蠢驢了，只要他們一走出美術教室，就會馬上去告訴他們的朋友說，克雷・韓斯利畫了多好笑的畫。這樣下去，校長遲早會聽到這件事，一定會。等凱林校長親耳聽到，他就會氣呼呼衝下樓到美術教室；他會雙眼冒火，氣到吹鬍子瞪眼睛；他會質問戴許老師為什麼沒有嚴厲處罰這個行為不檢又愛搗蛋的男生。

所以戴許老師必須做點什麼。克雷早就盤算好了。

美術老師會不會叫他放學之後留下來呢？克雷不在乎，只要趕得上吃晚餐就行了。米契爾今天晚上在家，從某個角度來說，今天惹的麻煩愈多愈好，這樣就有很多故事可以和哥哥分享啦。所以被罰留在美術教室，完全沒問題。

可是克雷覺得應該不會這樣。今天是星期五，又是天氣晴朗溫暖的十月天；今天早上他看見戴許老師騎著他的重型機車停進學校停車場，這樣的天氣非常適合騎車兜風，貝爾登郡的鄉間小路風景非常優美，美術老師鐵定不會為了要處罰學生留校而延遲下班，今天一定不會。

克雷也很確定這一點。

「把畫給我。」

克雷把畫交給老師，然後戴許老師走到辦公桌旁，從抽屜裡拿出一個大信封。他把畫塞進信封，並用膠帶黏住信封折口。接著他拿起一支筆在信封上寫字。

他把信封交給克雷，說：「拿去辦公室交給祕書，然後在那裡等凱林校長親自找你談話，知道嗎？」

克雷點點頭，他臉色發白，一副事態嚴重的模樣。他不想表現出對戴許老師不尊重的樣子，畢竟這位老師還不錯，他只是在做他該做的事，如此而已。

克雷拾起背包，往門口走去。班上每個同學都瞪大眼睛，想從他的表情看出他為什麼要畫這張畫。他們也想知道凱林校長看到畫時會有什麼反應。

布萊安對詹姆士說了悄悄話。在這個安靜的教室裡，其實每個人都聽得到她在講什麼。

「克雷這次真的完蛋了。」

3 大家快來看

從美術教室走到校長辦公室並不遠，大概只需要一分鐘，但是克雷不急著報到。他在飲水機前停了下來，喝好多水。

他仔細看過牆上布告欄的所有作品，其中兩幅還是他畫的。

他走進男生廁所，站在一面大鏡子前，把自己的一頭黑長髮梳成三種不同的造型，然後再梳回本來的樣子——中分。他將兩邊頭髮塞在耳後，就和米契爾的髮型一樣。即使米契爾大他七歲，他們兩兄弟看起來還是很像，幾乎像雙胞胎一樣，每個人都這麼說。

他一走出廁所，馬上有個聲音響起：「喂，馬上去辦公室！」

戴許老師站在美術教室外面。

克雷擺擺手，飛快轉過牆角走到穿堂，但是他沒有馬上去辦公室，因為時候還沒到呢。他等了十秒鐘，從牆角偷偷往回望。

戴許老師已經回教室了。克雷急忙走過穿堂，在東側走廊小跑步，直衝音樂教室。他知道漢克・包爾斯正在上音樂課。克雷站在敞開的教室門口，對其他同學比手劃腳又點頭，最後他朋友漢克終於注意到了。他做了個鬼臉，像大猩猩那樣搔搔胳肢窩，漢克被逗得大笑，還被諾瑞絲老師大聲制止。

克雷從門口往教室裡叫著：「哇喔！」立刻跑回穿堂，繼續跑到辦公室門口，這時剛好鐘聲響起，第四節課結束了。

不過，他還是沒進辦公室。他遠離那些大窗戶，身體緊貼著磁磚牆面。

克雷在心裡開始想像今天傍晚要怎麼告訴米契爾這些事。首先說明自己是如何想到畫那張圖，然後迫使戴許老師要他帶著畫去見校長，還要說自己在空無一人的走廊閒逛一番，再慢條斯理走進辦公室。到目前為止，這故事還挺不賴的。

當然啦，萬一去了校長那裡有個什麼閃失，或許他還得把這段經過告訴爸媽。不過既然他沒有出手打人，也沒有打破窗戶玻璃，家裡的人應該不會太在意吧？他們以前從來沒有為此難過，至少，二年級之後就不再難過了。天知道會怎樣？說不定爸爸還會捧腹大笑呢。

許多六年級學生正從美術教室和音樂教室裡出來，他們走向餐廳，途中會經過辦公室。克雷找了個絕佳位置，可以看到所有學生，也能讓所有人看見他。

他尤其希望美術課的同學能看到他站在那裡，看到他根本還沒進辦公室，而且手上還拿著那個裝了畫的信封，信封開口還封得緊緊的。他們會談論他的作品，這一點他很清楚。他們一定會提到之前布萊安對詹姆士說的話：「克雷這次真的完蛋了。」

光想到這一點，克雷臉上忍不住泛起微笑。這個微笑也是故意要讓同學們看見，因為那表示：「對，就是這樣，我克雷就是要這樣做，跟以前一樣。」

他一邊陶醉在這個念頭中，一邊對著向他揮手或眼神交會的同學點點頭。這時漢克從左邊走過來，對準他的手臂搥了一拳。

「都是你啦！害我在練唱的時候被老師罵。」

克雷咧嘴一笑，轉個身，很快地出拳像是要還手，但他沒有真的打下去。「雖然被罵，但很值得啊。」他說。

漢克笑一笑表示同意。「你在這裡等什麼？」他說：「我們去吃午餐吧。」

克雷搖搖頭。「不行，我得去見典獄長。」

「是喔？你幹了什麼事？」

「只不過畫了一張小小的畫。」

克雷打開了那個咖啡色信封。他直接把膠帶撕掉，抽出圖畫紙，舉高。

漢克的眼睛睜得好大，克雷覺得他的眼珠可能會掉出來，然後把黏液噴得到處都是。

「噢，天啊！」他倒抽一口氣，「你死定了！校長看到了嗎？」

克雷哼了一聲，說：「你覺得怎麼樣？」

漢克凝視著那張畫，又看看克雷，突然間顯得非常恐懼，說不出話來。

「是啊，」克雷笑著說：「等那個蠢蛋好好欣賞過這頭蠢驢，我想我應該就不會常常在教室外面鬼混了，你說對不對？」

漢克搖搖頭，一搖再搖，眼睛睜得好大。

克雷開始大笑。當他意識到有些同學正看著他，並且對他指指點點，他就笑得更大聲。

「請把那個東西交給我。」

一個低沉的嗓音從克雷身後傳來。

克雷不笑了。他轉過身，把圖畫交給凱林校長。校長看著那張畫，而漢克往旁邊退開三步，火速離開現場，直衝餐廳。

校長從畫中抬起頭來看著克雷的眼睛。

「進來，馬上。」

克雷點點頭，走向門口，盡全力讓自己的表情看起來很酷，一付天不怕地不怕的樣子。

然而他卻忍不住在心裡笑了出來。這件事安排得剛剛好，他等不及要告訴米契爾了。

4 檔案夾

歐敏太太熱愛她的工作。每天，她和另一位兼職助手一起做事，光他們兩個就可以抵五個人用。他們要處理每天的出缺勤紀錄、找代課老師、課前與課後輔導、親師會活動、校車班次表，不停的接聽電話與做記錄，還有沒完沒了大大小小的各種緊急事件。她要計算進出學校的每一分錢，要負責訂購並追蹤辦公室與教室所需的各種文具器材；她還負責管理校長忙碌的行程。歐敏太太擔任學校祕書已經十九年了，多虧有她，楚門小學的辦公室像個平靜的港灣，是個秩序與效率的天堂。

六年前，凱林先生當上校長沒多久，州教育委員會宣布了一項新政策：「只要有學生被送交學校行政長官進行懲戒，必須有另一名成人陪同在場，觀察並做記錄。」這項政策讓歐敏太太不得不面對她工作中最無奈的一環。

從那時候起，她目睹一批又一批的孩子坐在凱林校長桌子前嚎啕大哭。歐敏太太很清楚，校長不是有意要讓他們哭，但她也明白這些孩子為什麼這麼難過。

這位校長全身上下充滿令人緊張的能量，他總是會用鉛筆或手指頭不停輕敲桌面，要不然就是抖腳。這些動作透露出他似乎失去了耐性。每當他要教訓小孩的時候，他的音量通常太大。他那不時抽動的小鬍子無法緩和氣氛，反而雪上加霜。歐敏太太知道，校長說話時，孩子們總是盯著校長的鬍子。

相反的，校長和老師們卻合作愉快。凱林校長知道如何創造樂觀、明朗、友善的工作環境，即使他總是強調每位老師的教學必須精益求精、追求卓越。學校裡大部分老師和職員都喜歡他、尊敬他。至於家長與學校董事會，還有那些他每天都要溝通聯絡的人，他們之間的合作也非常順暢。

但是只要和孩子說話，不論男生女生，他似乎總找不到適當的語氣。他會坐在辦公椅的前緣，在這種不舒適的位置上將身體往前傾，瞪著桌前的人。凱林校長會不時眨眼睛，他的黑框眼鏡更使眼睛看起來變大變亮。十次裡面有七次，孩子會開始哭，或啜泣，或哀嚎，甚至痛哭失聲。歐敏太太總是會準備好一盒面紙。

當然，這些學生最後終究會活著走出校長室的門，而且他們一定會跟朋友說進到校長室有多恐怖。歐敏太太也同意這一點。她不喜歡這種差事，和那些小孩一樣不喜歡。不過有個例外，那就是克雷・韓斯利出現的時候。

現在，他又來了，應該是這個月的第三次吧？還是第四次？她記不清楚。等明年這個男孩畢業上了國中，學校會怎麼樣呢？大概是鬆了一大口氣吧。但是她很明白，她會非常想念這個孩子，嗯，當然是私底下偷偷想念啦。這孩子總是能把事情變得非常有趣。

歐敏太太就坐在校長的辦公桌右邊，大腿上有一疊克雷的檔案。她也帶了筆記本，還有三隻削好的鉛筆。每次克雷見校長的時候，歐敏太太總是會多準備一些鉛筆。

她看著手錶。校長已經讓這個男孩等了四分鐘。她以前曾看過凱林校長用這招，他讓孩子們等待，這樣孩子就有時間想想自己做錯了什麼，以及應該如何懺悔與道歉。不過，這招對克雷從來不管用，今天也不例外。

克雷坐在一張硬塑膠椅上，在那張又寬又大的桌子前，他的神情非常冷靜，眼光環視著辦公室，好像對任何事都滿不在乎，他甚至看起來還有點愉快。這個孩子從來沒有在校長辦公室裡掉過一滴眼淚，就連快要哭出來都不曾有過。他坐在這張椅子上到底有多少次了？

歐敏太太算了一下。他一個月被送來辦公室……嗯，平均算一個月四次好了，一年上學九個月，那就是四乘九……現在他六年級，而他從幼稚園中班就開始常常來報到……

「嘿，歐敏太太，那張照片是新的嗎？」克雷指著牆上一張裝框的照片。「看起來校長的孩子長大了！」他笑得很燦爛。

歐敏太太沒有跟著笑，她得設法忍住。這個小壞蛋真有魅力，但是天啊，他可真會惹麻煩。她眼光往下瞄了一眼克雷的學生檔案，那大概有五公分厚吧。檔案能達到這種厚度的學生，只有克雷的哥哥米契爾了。他被送到校長室的原因多半是大吼大叫或跟人吵架、推人或撞人，甚至打架。

這兩兄弟長得非常像，但克雷惹麻煩的方式和哥哥不一樣。的確，他和米契爾一樣天不怕地不怕，但克雷似乎從來不會生氣，而且克雷的淘氣裡有很多小聰明，犯行的種類也是千奇百怪，簡直可以說是……深具啟發性。

她暗中偷笑。從某個角度來說，她對克雷的檔案感到驕傲。畢竟，這些大部分都是她親手寫的。雖然說不上是文學，這一點歐敏太太很清楚，但是讀這些文字還滿有趣的。這些文字比較像新聞報導，或是歷史，總之絕對不是虛構的小說。這份檔案是歐敏太太的曠世鉅作。

歐敏太太不理會椅子上的這個男孩，她把鉛筆和筆記本放在校長辦公桌的邊緣，騰出手來打開腿上的檔案，翻閱著這幾年來的記錄。她的眼光停駐在那些打字稿上，那是克雷幾年前與校長會談的其中一份記錄。

十月十七日，星期四
上午十點二十五分
與凱林校長的懲戒會談
陪同與記錄：柯蕾爾・歐敏

學生：克雷・韓斯利，一年級

由蓋麗兒老師提送

犯規事項：在走廊奔跑

「我可以看看她寫的那些歪歪扭扭的小東西嗎？我忘記那叫什麼了？」

「那是速記。聽好，克雷，我必須跟你說，我很不高興……」

「你看！你剛剛說的扭扭字又出現好多個了！為什麼每次我來這裡，她都要寫那個？」

「歐敏太太用速記，是因為這樣寫比平常寫字的方式還快。她記下我們所講的每一個字。克雷，你今天會被送到這裡來是因為……」

「為什麼不乾脆用錄音的呢？」

「因為歐敏太太必須和我們一起待在這裡，她知道怎麼用速記。聽我說，克雷，上次我們說到……」

「她每一次都要和我們在一起嗎？為什麼？」

「這是規定，為了保護每個人。克雷，你的老師跟我說……」

「歐敏太太會不會空手道之類的？」

「空手道？那跟這個有什麼關係……？」

「保護啊！還是她會中國功夫？她沒有帶槍吧，有嗎？」

「不，我說的不是那種保護。那就是一項規定。你的老師跟我說……」

「為什麼學校不教我們她寫的那種快速寫字法？我寫字好慢好慢。如果我講話很快很快，她還是可以記下來嗎？如果我講很快很快很快很快超級快超級快超級快……哇！看她寫的！她還是趕得上耶！我可以試試看扭扭字嗎？」

「克雷，我們現在在這裡並不是要討論速記，所以你安靜聽我說。我們今天在這裡，是因為你的老師通知我，這一週內，老師已經提醒你不准在走廊上跑步提醒了六次，而你還是沒改，所以蓋麗兒老師帶你來這裡跟我談一談。」

「我喜歡蓋麗兒老師。她人很好！她很高。她是不是很會打籃球？我有個表哥叫鮑德溫，他有一百九十公分高喔！可是他不會打籃球。哈！那不是很好笑嗎？蓋麗兒老師是不是在生我的氣？」

「沒有，她只是希望你……」

「那就好。我喜歡蓋麗兒老師，她很高，而且人又好。」

「我也喜歡她。克雷，你說說看，如果每個小孩都在走廊上跑步，那樣好嗎？」

「我不確定耶。有人試過嗎？可能可以吧。要不然明天每個人都在走廊跑步好不好？但是要安靜的跑喔。我打賭這樣就沒有人會上課遲到！你覺得呢？應該可以吧。」

「但是，克雷，在走廊上跑步是違反規定的。」

「昨天在超市的那個男人也這麼說。」

「你在超市亂跑嗎？」

「對啊，不過，我不是因為這樣才被罵。我吃了一顆葡萄，要吃看看酸不酸啊。那個人就對我大吼大叫，說那樣違反規定。好怪喔！你想吃葡萄就買了，一路帶回家，結果卻發現是酸的！怎麼辦呢？這樣不就是商店騙你買酸葡萄嗎？難道沒有

人試吃看看？難道商店向農夫買的時候都不用試試看嗎？也許農夫有規定說不准試吃葡萄！好笨的規定。有些東西就不用試吃，像昨天午餐的牛肉燉菜，只要聞聞看就知道吃起來一定像狗食。你有沒有吃過狗食？我吃過喔，不過只吃過一次，吃起來就像牛肉燉菜的味道一樣。可是葡萄聞不太出來，除非你把它捏破。」

「克雷，我在和你討論在走廊上跑步的事。我跟你說，那樣違反規定。如果每個小朋友都在走廊跑來跑去，你覺得那樣安全嗎？」

「當然不安全啦，那樣太擠了，而且是誰說要每個人都一起跑？我從教室裡溜出來，只有我自己一個在走廊上跑啊。那樣就不會太擠，空間很大。」

「但是，克雷，我跟你說那是違反規定的。而且偷溜出教室也違反規定。」

「為什麼蓋麗兒老師要出來教室看我？她有聽到我在跑啊，她應該要先看看別的地方，直到聽不到我在跑的聲音，她再出來看嘛。」

「你現在給我仔細聽好。假設半夜的時候你在公路上碰到紅燈，因為沒有其他車子過來，所以你就闖紅燈，你覺得這樣沒關係嗎？就算這是違法的？」

「什麼車子？我又沒有車子。我根本不會開車啊。哎……我是說，我只是在走廊上跑步，那裡又沒有紅燈，我也沒有撞到人。我從來不會撞到人的。」

「克雷你聽好，你必須要遵守規定，遵守所有的規定。不能在走廊奔跑，也不可以從教室裡溜出來。而且，如果你繼續這樣，你的檔案裡就會再多加一條。」

「我的檔案？什麼檔案？我沒有檔案啊。」

「是學校的檔案。克雷，我們把你的記錄都收錄在檔案裡。」

「收錄？像我媽媽的唱片裡收錄了貓王的歌那樣嗎？」

「不，不是。我們寫下一些資料，放在你的檔案裡。」

「跟我有關的嗎？」

「對。記錄你在學校裡發生的事。」

「像是那次我在男生廁所裡吐的事，也被記錄到我的檔案裡了嗎？」

「不是，那份記錄檔案是……」

「所以你們沒有把每件事都放進去。」

「不，不是每件事。大部分是很好的事或很壞的事。」

「我有沒有做什麼很好的事？」

「克雷，我只是要你記得，不可以再亂跑……」

「你們是不是把所有壞事都記在裡面？像上次我把一隻死掉的青蛙放在溜滑梯上讓它溜下去，那件事有沒有放進去？」

「有。」

「那，我把校車後門打開呢？」

「那很危險，克雷。還好沒有人受傷。」

「對啊。我真的做錯了。因為後門一開，我的足球就滾了出去，撞到一個郵筒，最後被一輛卡車壓扁。自從你跟我談過那件事之後，我再也沒有開過其他巴士的門，以後也不會了。」

「很好。因為那是錯的，嗯，對，那件事也記在你的檔案裡。」

「所以……那就是我的『前科』囉。」

「什麼？前科？不，那只是……」

「就像我叔叔魯米斯那樣。所有他幹過的壞事，我都知道。他曾經偷過三輛車。他說他的前科像他的手臂那麼長。才沒有呢，那只不過是一張紙上寫了很多字而已。一張紙有多長？你伸出手臂來看看，我猜我的手臂和你的一樣長。」

「克雷，我不希望在這裡再看到你了。」

「那如果我做了什麼好事，可以回來嗎？」

「我的意思是想讓你知道……」

「因為我喜歡這裡啊。我也喜歡那張總統的照片。你有跟他說過話嗎？」

「克雷，我不希望再聽到蓋麗兒老師跟我說，你又在走廊上跑步。」

「我也不希望她再打我的小報告。」

「只要你不在走廊上奔跑就好，知道嗎？」

「嗯，好吧，我再看看能不能做到啦。」

「我知道你做得到，克雷。如果你願意，就做得到。」

「我很會跑喔，而且我不太會撞到或跌倒。還有，如果用跑的，就能夠快一點到想去的地方，這樣不是很好嗎？」

「但是，如果違反規定就不好。」

「規定是誰定的呢？」

「很多人。關心安全的人。你應該也希望每個人都安全，對不對？」

「當然啦！我又不是笨蛋。」

「我知道。你很聰明，克雷。你一定知道要遵守規定，不在走廊上奔跑才聰明。這樣會讓學校比較安全。」

「可是這樣比較慢。」

「但是你不會在走廊上奔跑了，對不對，克雷？」

「我會……試試看，不過我可能會搞砸。我常常搞砸。我真的很希望能像她寫字那麼快。」

十點三十三分，學生回到班上。

歐敏太太繼續在檔案裡翻頁，她想找四年級的記錄。對克雷來說，那真是不得了的一年。她想看看那次他因為「起司事件」被送到辦公室來的記錄。克雷把所有午餐剩下的起司收集起來，做成一個雕像……

「克雷，歐敏太太，對不起讓你們久等了。」

凱林校長走過桌邊，坐在他的椅子上，然後滑到座椅前緣。他身子往前傾，頭轉向祕書。「你需要準備一下嗎？」

她心想：你明明知道我已經在這裡和那男孩一起等了九分鐘。

「不用，」她說：「我都準備好了。」

該是在這本曠世鉅作上增添新篇章的時候了。

5 米契爾

那天的晚餐時間，克雷的嘴巴除了吃東西之外，都閉得緊緊的，一句話也沒說。晚餐非常豐盛，有一大盤炸雞、一大碗馬鈴薯泥、一些青豆、熱麵包，還有三種汽水。克雷和妹妹安妮負責把餐桌擺設好，他姊姊珍妮則幫忙做菜。這一頓飯，是為了要迎接米契爾回家。

幾乎都是爸爸和米契爾在講話。

「那麼，貝爾登那裡的人對你還好吧？」

米契爾滿嘴食物的說：「當然不是在度假啦，而且有可能更糟，這一點我很確定。是有碰到一、兩個不錯的傢伙，還有一堆爛人。」他喝了一大口薑汁汽水，然後打了個嗝。「你還記得羅尼．克拉克嗎？他在我們高中校隊裡打中衛，長得很高的那個。他在他岳父的店裡偷了六雙工作靴，這是他第二次被逮。他又待在那裡一整年直到被假釋。他的婚姻也完蛋了。幸好他沒有崩潰，至少目前還沒有。很高興看到他，不過我得說，這是過去這個月唯一讓人高興的事。」

克雷知道他哥哥在說什麼。大概在兩個月前，米契爾在貝爾登附近的一一三號公路因為超速被警車攔下來。他不願意付兩百美金的罰款，於是選擇去法庭試著為自己辯護。法官不相信他的說法，所以米契爾抓狂了，他對法官大吼。法官要他安靜，米契爾還是繼

續吼叫，還摔了一張椅子。於是法官判他藐視法庭，讓他在貝爾登郡監獄裡服刑三十天。他一樣得付超速的罰款，還有一百美金的藐視法庭罰款，外加一百五十美金的訴訟費。

克雷開始吃第四隻雞腿，雖然只能吃吃喝喝聽人說話，他一樣高興得很。反正，等一下他還有機會問問題。米契爾的錢都花完了，所以他只能回家住一陣子，睡在他以前房間裡的那張雙層床下鋪。在睡覺之前，克雷可能有機會聽到米契爾說一些不願意對爸媽和姊妹們說的事。

他媽媽說：「你朋友今天一直打電話來。我下班回家聽到答錄機有六通留言。」

「對啊，」克雷說：「今天你的手機裡也有一堆簡訊，不過我都沒有看喔。」

米契爾對弟弟笑一笑。「你也想要有自己的手機是吧？等你那雙油膩膩的手都擦乾淨之後，就把手機還我吧。如果你讓我的通話費暴增，我就從你的零用錢裡扣，聽到了嗎？」

媽媽繼續說：「我還以為你的朋友是希望你跟他們出去狂歡一夜呢。」

克雷知道她心裡是怎麼想的。

「不用擔心啦，媽，」米契爾說：「我會待在家裡，不管今天是不是星期五。也許我們可以一起開電視看個電影。」

他爸爸把手裡的雞骨頭摔在盤子上。「那個派克法官啊，」他咆哮說：「那個人真可惡！」

克雷知道接下來爸爸會說些什麼。他們都很清楚，爸爸過去曾和這位當地的法官有一些過節，他們以前就曾聽過他對這個法官的評語。

「我有沒有跟你們說過，我還小的時候曾經和他一起在騰布爾送過報紙？他負責送大街東邊，我負責大街西邊。他老是吹牛說他的路線比我的好，真是個愛現又臭屁的討厭鬼。聖誕節的時候，他拿的小費是我的四倍，那些住東邊的人可真有錢。這回他能把韓斯利家的男孩送進監獄，我打賭他一定樂壞了。小時候我曾痛打過他一次，要是現在讓我在暗巷裡碰到他，我啊，一定會把他打得眼冒金星……」

「倫特．韓斯利！不要再說了！」他太太看起來好像要越過桌子跳到他面前似的。「不准你在孩子面前說這種話！」

米契爾把剩下的汽水一口氣喝完，然後用一隻手把鋁罐捏扁。

「不過說實話，爸，我並不怪派克法官，」他平靜的說：「我在法庭上真的口無遮攔。他大可以把我關個六十天，甚至九十天。對他，我沒有什麼好抱怨的。是我的錯，全都是我的錯。」

克雷張大眼睛看著他哥哥，其他每個坐在餐桌邊的人，也都驚訝的望著他。這可不像米契爾會說的話。

媽媽說：「很高興聽到這個家裡總算有人做出一些改變。克雷，你幫安妮和珍妮清理桌面，我要端出冰淇淋了。米契爾，我給你的是一大塊含了雙倍軟糖的喔。」

「太棒了，媽，謝謝。」

克雷站起來收盤子以及那盆雞骨頭，還偷偷瞧了米契爾一眼。他仍然不太習慣哥哥的頭髮這麼短。不過，他還是他，不管他現在看起來是什麼模樣。他很高，又壯，快滿二十歲了。他還是這一帶最強、最難纏的傢伙。

克雷很確定，哥哥說這些好聽話是為了讓媽媽好過一點。他說不定已經想好要怎麼去惡搞那個法官了。也許是打算等某個晚上跑去他家破壞庭院，或者是刮花他的車。因為，沒有任何人可以惹火米契爾・韓斯利還能全身而退。

或許到了晚上睡覺前就會知道哥哥的計畫，還有那些監獄裡發生的事。說不定那裡發生過大暴動，上演貨真價實的全武行。

克雷簡直等不及要把他和校長的事告訴米契爾，而且一定要給他看那幅畫。噢，那真是太讚了。

哥哥再回到家裡住，真是太棒了！棒到極點。

6 當頭棒喝

克雷躺在上鋪撐著不讓自己睡著。他聽到米契爾在後面走廊用手機講電話，大部分的時候，他的聲音都很柔和，可能是在和女孩子講話吧。

克雷用力打了個呵欠，用力到下巴肌肉都微微發痛。整個晚上，他還沒機會和哥哥單獨相處呢。珍妮和她男朋友去逛購物商場，家裡其他人都在客廳看克林．伊斯威特的電影。其實大夥兒多半都看到睡著，除了爸爸之外。他聞到爆米花的香味時就醒了過來。已經快半夜了。

他和米契爾共用的這間大臥室，在安妮出生之前曾是家人的起居室。現在電視已經搬到客廳，但仍有一些舊家具留在原地沒動。沙發旁有一盞桌燈，克雷留著燈光沒關，好讓自己保持清醒。他又打了一個呵欠。米契爾到底要講多久啊？他已經在那裡講二十分鐘了耶。

他一定是忍不住睡著了，不過，當臥室的門喀嚓一聲關上時，克雷的眼睛馬上張開。

米契爾坐在沙發上，彎下腰脫鞋。克雷再次注意到哥哥的頭髮好短喔。從前哥哥在高中足球校隊時，就是留這種髮型。也許，監獄裡也是這樣規定的吧。

「嘿！」克雷說。

「嘿，小子。我不是故意要吵醒你的，抱歉啊。」

「不，我沒睡。」克雷用一隻手肘把自己撐起來。「我想等你一起聊天。」

「是喔？聊什麼？」

「隨便都好啊。例如說，坐牢是什麼樣子？」

「那沒什麼好說的。」米契爾說。

「那地方就是一個大房子，裡面是一間間籠子，塞了一堆生氣的人，包括警衛。那裡很危險，這是羅尼・克拉克告訴我的第一件事。我們兩個還滿要好的，可以照顧彼此。我真的很慶幸能在那裡遇到他。現在呢，我很高興能回家。」

克雷皺了眉頭。「監獄和電影裡演的一樣嗎？」

「可能要看你指的是哪一部電影了。不過大部分和電影裡差很多，因為你每一分鐘都得關在那兒，而且你知道這是真實世界，可不是在演戲。要是你不小心瞄到一個不該瞄的人，他們可能會讓你不好過，或想盡辦法整你。監獄不是什麼好地方，我絕對不要再回到那個地方。絕不！」

克雷沈默了一、兩分鐘。他不太習慣聽到米契爾用這種口氣說話，聽起來好像他很害怕。

米契爾往後躺到沙發靠墊上。「那麼，你這個月過得怎麼樣？」

克雷聳聳肩。「還好啦。」

「學校怎麼樣？」

「還可以啊，除了我今天去了一趟校長室，不過，我是故意被送進去的。」

米契爾偏著頭問：「真的？為什麼？」

「看看你的手機就知道了……你會喜歡的。」

米契爾從褲子後面的口袋抽出手機。

「好啦，」克雷說：「現在看看照片集裡的最新照片……看到了沒？那是我們校長。」

米契爾慢慢點著頭。「嗯。去年我見過他，那時候媽和爸去了芝加哥，而你那一次上體育課的時候和另一個小孩對撞，撞到了頭。所以……校長看到這張圖畫了？」

克雷笑了起來。「對啊。我今天在美術課畫的，然後我故意讓老師看到，他就把我送到校長室了，因為老師沒別的選擇啊。」

「你為什麼要這麼做？」

「星期一的時候，凱林校長在餐廳把我攔下來，要我把上衣紮進褲子裡。你相信嗎？他居然在大庭廣眾之下叫我這麼做！丟臉丟到家了。他還洋洋灑灑說了一大篇學校的服裝規定，所以今天我就要報復他。我要告訴他，我覺得他是一個又蠢又笨的傻瓜，他真的是嘛，我只不過沒有大聲說出來罷了。」

米契爾緩緩點頭，又看看那張畫。「他把這張畫怎麼了？」

「沒怎樣啊，什麼都沒做。」克雷對著哥哥笑一笑。「因為我有個絕佳的理由。」

「理由？」米契爾說。

「對啊。我跟他說，我們上課提到南北戰爭那一段歷史的時候，看了一些舊報紙上的照片，有人把林肯總統畫成一隻毛茸茸的大猩猩。我說，美術課時我想嘗試看看，把一個真人畫成卡通的樣子。結果美術老師看到了，我還沒跟他解釋我只是要結合社會課和美術課，他就把我送到校長室去了。」

「那校長相信嗎？」

克雷笑著說：「當然不相信，但是他也沒辦法反駁。所以，他只說我『應該要更懂得判斷是非』什麼的。可是你絕對猜想不到校長後來做了什麼。」

「什麼？」

「他說他願意出十美金買下那張畫，還問我可不可以在上面簽名。他說他想把它裱框，放在辦公室裡。」克雷微笑著，「所以我就簽啦！」

「你有沒有拿錢？」

「當然有。他好像真的覺得那張畫很有趣。但我知道他接收到我的意思了——他真的是一個大蠢蛋。」

「嘿，」米契爾說：「過來這裡一下，我有東西要給你。」

克雷從上鋪跳下來，走到沙發旁。

「是什麼？」他問。

米契爾快速伸出一隻手，打了克雷的頭。「你才是蠢蛋呢。」他又以迅雷不及掩耳的速度拍了克雷另一邊的頭。「這一下是要你注意聽。準備好了嗎？」

克雷繃著臉，點點頭。他的眼裡充滿淚水，倒不是因為被打，而是心裡覺得委屈。

「我只說一次喔。從星期一開始，在學校裡你不可以再調皮搗蛋。你要學好，用功，不要再惹麻煩。你要努力得到好成績，尊重別人。你要去做那些我從前沒有做到的事。好好的做，放聰明一點，聽懂了嗎？」

克雷嘴唇緊閉。

米契爾正要伸出手，克雷畏縮著躲了一下，於是米契爾半途停住。他伸長雙臂，抓住弟弟的肩膀。他們兩人看著彼此。

「你聽好，」米契爾說：「坐牢是最糟、最爛的事，我絕對不要再回去，而你連快被抓去坐牢都不准。」他停了一下。「我不該打你的，我以後不會再這樣。我不希望你再犯錯。從今以後，我也要改頭換面，我發誓。我們可以一起努力，好嗎？對不起我打了你，因為我是認真的，百分之百。我非常認真。好了，回床上去睡。」

當克雷走到樓梯準備爬到上鋪時，米契爾說：「嘿，幫我把下鋪的枕頭丟過來，我要睡沙發。過去這三十天我都睡下鋪，明天我可不想再那樣醒來。」

克雷拿了一個枕頭丟向他，很用力。

米契爾看著他，說了一些話，然後伸手關燈。

「去睡吧。我們明天要去購物商場。」

「購物商場？為什麼？」

「你現在只管睡就是了。」

一分鐘之後，克雷聽到鼾聲，還有深長而緩慢的呼吸聲。就這樣，米契爾睡熟了。

克雷可沒有，他躺在上鋪，在一片漆黑中，還清醒著。

米契爾不是在開玩笑，這一點他很清楚，但是那些關於學校的事？該不會……他瘋了吧？

可能是因為坐牢讓米契爾變成這樣，不過那已經結束了。住在家裡幾天之後，他就會再度冷靜下來。他會忘了今天說過的話，每件事都會恢復正常。

對，一切都會沒事的。

7 信任

星期六上午，克雷一直在迴避他的哥哥。直到下午兩點半，他聽到米契爾在客廳看電視。他走進去，在哥哥身旁的沙發上坐下。電視上在播一部強盜的電影，有一群珠寶大盜正在計畫密謀闖入一間博物館。

廣告插播時，克雷說：「嗯……我們今天還要去購物商場嗎？就是你昨天晚上說的？」

米契爾把電視調成靜音，轉頭看著弟弟。「那要看情況了。」

「看什麼情況？」克雷說。

「看你是不是信任我。」

克雷的臉皺在一起。「你到底在說什麼啊？」

「我問你一個簡單的問題，」米契爾說：「你相不相信我？」

「當然，我當然相信你。」克雷說：「只是，這跟去購物商場有什麼關係？」

「你還記不記得我昨晚說過，關於你之後在學校的事？」

「記得啊……」克雷說。他還記得哥哥打了他的頭，兩下。

「嗯，」米契爾繼續說：「我認為想要改變並不容易，我也不確定你是不是能夠下定決心，尤其你認為那是個爛主意的話。昨天晚上你的表情就是那個意思，你覺得我說的話很蠢，所以……你並不信任我。」

克雷吃了一驚。「我只是……我不知道你為什麼突然生氣。我是說，是你自己惹了麻煩還得坐牢，結果突然間，卻是要我乖乖聽話。這實在很……」

「很蠢？」米契爾說。他轉過頭去看電視。電影繼續播。那群搶匪的頭頭正在分發地圖、工具和滑雪面罩。

客廳裡似乎感覺空空蕩蕩，氣氛十分沈悶。過去這幾年，他和米契爾之間的感情好像比兄弟還要好一些，甚至比較像平起平坐的朋友。他們甚至一起去露營整整一週，就他們兩個。現在呢？米契爾好像離他有幾百公里遠。

克雷做了個深呼吸。「那麼……到底我實際上該怎麼做？」

米契爾的眼睛還是盯著電視。「相信我。你要相信我知道什麼對你最好，即使那聽起來很蠢。你明年就要上國中了，接下來就是高中，時間過得很快。而照你現在的樣子看來，很危險。當然，如果你不想聽我的，就照你自己的意思辦。你自己決定。」

米契爾把電視聲音打開。那些搶匪分批擠進兩輛很大的黑色廂型車。車門關上，引擎轟隆隆響，他們衝入城市的車流之中。

克雷盯著電視螢幕，他其實沒有在看，他心裡想的是那趟和哥哥去的露營。

大約在第三天，他們走的路線經過一條溪流。在地圖上，那是一條細細的藍色線條，但實際上那條溪的水流又急又冰，而且因為剛下過雨，水勢更加湍急。他們找到溪流兩岸最窄的地方，米契爾把他們的背包丟到對岸。接著，米契爾藉著助跑加速，順利躍過溪流，一點問題都沒有。

「快跳啊，克雷！」

「太寬了！」

他得要扯著嗓子喊，才能蓋過溪水奔流的聲音。

米契爾站在溪的對岸，手臂伸長。「你做得到的，只要助跑然後一跳。不要擔心，我會抓住你！」

於是他往後退到不能再退，全速向前跑，蹬腳一跳，降落在一塊潮溼的岩石上。他滑了一跤，但米契爾及時抓住他的手臂，拉了他一把。前後不過三秒鐘的時間。雖然有一隻靴子進了水，但是他做到了。

克雷起身離開沙發。

「好。」他說。

米契爾看著他。「你說『好』是什麼意思？」

「好，我相信你。」

米契爾關掉電視，站了起來。

「好。」他笑一笑，半轉身拍拍弟弟的右肩膀，「現在要不要為我昨晚打了你報仇一下？」

克雷咧嘴笑開。「不要……我要等你不注意的時候偷襲。」

米契爾笑了。「公平。好啦，小子，我們去購物商場吧。」

8 漫長的上午

星期一早上，克雷搭上校車就走到他平時最愛的位置，在車子最後面。其他同學三三兩兩分散在不同位子，像往常一樣。不過等他坐定，許多張臉朝他投射出異樣的眼光。

他瞪著兩個五年級的男生。「你們看什麼看？」

他們馬上轉頭，其他人也是。

克雷知道他們在看什麼，應該是因為他的髮型。

米契爾答應不再打他，但是星期六下午在理髮店時，他要用恐嚇威脅的手段才能讓克雷乖乖待在椅子上。頭髮理完後，這兩年來留的頭髮都躺在地上。當然，他頭上還留著七、八公分長的頭髮，勉強可以分邊，可是耳朵兩邊的頭髮短到不能再短。對克雷來說，這樣簡直就是光溜溜的，而且脖子很冷。沒有頭髮的遮蓋，兩隻耳朵變得更醒目，他覺得自己好像動畫電影裡的馬鈴薯先生。

太可怕了。

同時，校車上的同學們可能注意到他的衣服了。從前克雷只穿牛仔褲加T恤或連帽上衣，從沒看過他穿別的衣服，直到今天。

星期六和米契爾去購物商場，簡直是惡夢一場。克雷跟著哥哥在商場逛了一間又一間，看著哥哥挑選衣服。

克雷也反抗過。「你是開玩笑的吧？要我穿這種衣服？我看起來會像關懷中輟生廣告裡的癟三！」

但是米契爾說：「你看吧，我告訴過你，要改變不容易。你要用明確的方式向大家宣示：過去那個克雷．韓斯利已經不存在了。這個方向是對的，相信我。」

於是他現在就成了這副德行坐在校車最後面，身上是灰綠格紋的法蘭絨襯衫，領子沒有立起來，而且還用白色小鈕釦固定住。格紋襯衫紮在寬鬆的卡其褲裡，褲子還繫上了咖啡色的腰帶。

他最鍾愛的那雙魔鬼氈高統黑色籃球鞋，就是他還用黑色麥克筆把白色橡膠邊緣塗黑的那雙，已不見蹤影。他哀求米契爾至少不要讓他穿那種綁鞋帶的咖啡色皮鞋，結果最後他們雙方妥協的結果是一雙無聊到極點的黑色運動鞋。

這太荒謬了。

克雷還背了一個嶄新的藍色背包，而且米契爾連背包也訂了規定。「背包上不可以亂畫奇怪的圖案，知道嗎？邊緣不可以有別針，不可以貼貼紙，包包的兩邊不可以畫火焰，不可以自己噴漆改裝背包，什麼都不可以，知道嗎？」

克雷走進教室，他覺得自己好像外星人。每個人也把他當外星人，趁他沒注意時偷偷摸摸的看他。他們不知道該笑還是該害怕。唉，克雷並不怪他們。

漢克在鐘響前最後一秒鐘衝進教室，他看了克雷一眼，爆出一個大笑，說：「我知道，我知道，你這是提早為萬聖節做打扮，對吧？實在有夠勁爆的！」

克雷懶得解釋了。他只是咬緊牙關，搖搖頭。他坐在自己的位子上，拿出筆記本和一支鉛筆，開始檢查數學作業……每一題都做完了。

漢克看他這樣，於是收起了笑容，說：「嘿，你在幹嘛？為什麼你看起來……這個樣子？是因為星期五和校長談過的關係嗎？還是，你週末去做心理諮商了？」

克雷很想假裝自己是一具被洗腦過的機器人，用那樣的口氣說話一定很好笑，漢克一定會被唬住。但他還是用平常的聲音說：「我只是來上學……上學，就這樣。現在我就是這個樣子，你還是盡早習慣比較好。」

他只說了這些。

除了他全身上下的打扮之外，教室裡還有另外一樣酷刑等著克雷。布萊頓老師沒來，今天來的是一個從沒見過的代課老師。

這個女老師表現得好像她只有十七歲一樣。她很神經質，喋喋不休，想要親近學生，可是又太做作。如果能夠鬧她一下該有多好……也許可以假裝自己只會講俄語？或者可以開始哭，然後對她哭訴昨晚他的寵物鼬鼠死掉了……或者是假裝對她的化妝品過敏，看看可不可以逼她把臉上那些顏料都抹掉。他大可以搞怪搗蛋直到她尖叫跑出教室為止……就像以前那些代課老師的下場一樣。

克雷卻什麼也沒做。他甚至連在她背後黏一張紙條都沒有。

他身旁所有的同學和以前一樣討人厭。艾力斯開始炫燿他得到一支很酷的新牙刷。真是怪胎！多妮雅想吸引賈克伯的注意，因為她覺得他很可愛……差不多跟死蒼蠅一樣可愛。克雷用眼角餘光瞄到阿立偷偷在挖鼻孔。所有可以盡情搗蛋的機會全都來到他面前，那麼他做了什麼？什麼也沒有，因為他已經答應了哥哥。

他已經向米契爾保證，他不會捉弄任何同學，也不會讓任何人覺得難過，所以他不能取笑別人，或是發出惱人的噪音。他已經答

應過，不要做任何一件會讓別人對他大吼大叫的事，或者是會讓他被處罰留校、被送到校長室的事。

導師時間結束後，克雷覺得精疲力竭。

自然課時，查特老師開始上一個關於地球水資源的新單元：海洋、水循環、沙漠的形成、冰川消融等等。在展示時，克雷本來可以拿鹽水噴同學然後被趕出教室，但是他每次都忍了下來。

接下來的體育課，每個人都得跑操場四圈，他本來可以躲在操場另一頭的器材室裡涼快。漢克和米勒兄弟就這麼做了，他們在那裡打混到最後半圈的時候才出現。克雷強迫自己遵守規則，他跑完整整四圈。

第四節的音樂課，克雷的腦子裡不斷湧出好玩的點子。在老師叫他閉嘴之前，他可以荒腔走板的唱到多大聲呢？如果在前面那個女孩身上的毛衣踩上幾個髒兮兮的腳印，會是什麼樣子？如果斜眼看連姆，會不會引他來揍人，讓他惹上麻煩呢？如果要求諾瑞絲老師一直連續重複彈奏高音部分的最初幾個小節，又會怎麼樣？大概要她重複彈多少次，她才會抓狂呢？這節課本來會變得刺激、危險，而且有趣。

克雷卻什麼都沒做。他只是坐在那裡，手裡拿著樂譜，照諾瑞絲老師一向的要求張大嘴巴，開口唱歌。

走出音樂教室，如往常一般，他和漢克碰面。他們一起走向自助餐廳，克雷覺得稍微鬆了一口氣。搭校車和導師時間他都撐過去了，而且一整個早上每堂課他都忍住沒搗蛋，沒有給任何人造成一丁點兒麻煩。

他真的覺得滿自豪的，而且更重要的是，他知道米契爾也會為他感到光榮。他開始想著，當他告訴哥哥這個嶄新的克雷・韓斯利第一天的生活，那一定很棒。

話雖如此，但這一天才剛剛過了一半，現在就拍肩鼓勵，未免也太早了點。

接下來是午餐時間。

9 搗蛋二人組

漢克從導師時間就開始注意克雷，一直注意到第二節體育課。他的頭髮幹嘛弄得那麼短？還有，穿那種衣服是怎麼回事？

到目前為止，六年級似乎會是最好玩的一年。克雷和他每天都會有一件驚天動地的大事。克雷這傢伙真是厲害，有趣得不得了！但是今天呢？他好像變成了另外一個人。

漢克和克雷一直都是不錯的朋友。五年級快結束時，有一件事把他們倆變成超級好哥兒們。

某一天的午餐時間，克雷把兩大塊紅色果凍塞進多尼・米勒的背包裡。不久之後，多尼發現克雷幹的好事，他抓狂了，直說要他好看。隔天體育課時，多尼把克雷逼到牆角。

「韓斯利，放學後，你跟我在保齡球館後面的巷子單挑！」

克雷笑一笑，說：「好啊，我會穿上保齡球鞋的。」

克雷根本打不過多尼，漢克很擔心。多尼是留級生，所以他長得比較高、比較重，也比較壯。每個人都知道，克雷根本不是打架的料。

於是，漢克插手管了這件事。

他找上多尼的弟弟戴夫，也是五年級生。「你和你哥，我和克雷，我們二對二，怎麼樣？」

米勒兄弟相視而笑，點點頭。他們是出名的打架二人組，永遠都是贏家。漢克並不覺得他和克雷有勝算，但是兩個人總比一個人好，至少克雷比較不會被打爆。

放學後，克雷先搭校車回家，然後再騎腳踏車去保齡球館。他還真的穿上他爸爸的保齡球鞋。

三點半，這四個男生在雜草叢生且垃圾滿地的巷子裡擺好陣仗。有些男生和幾個比較強悍的女生也來觀戰。

多尼・米勒一點都不浪費時間。他低下頭朝克雷衝過去。在最後一秒鐘，克雷往旁邊一跳，不過他的小腿勾到了多尼的腳。多尼揪住克雷的上衣，克雷抓住多尼的手臂。接下來就是一場肉搏戰，是混亂、速度與重力的加總。

混戰之中，多尼被克雷的小腿絆倒，往前栽了個跟斗。他頭重腳輕的滾了一圈，最後落下時重重的仰躺在地。所有旁觀的人都以為是克雷抓住了多尼的手臂，用某種神祕的功夫招式給了多尼一個過肩摔。

多尼摔飛出去的時候，他的腳踢到克雷的鼻子，鼻血立刻應聲而下。克雷並沒有發現自己流鼻血，他馬上整個人坐在多尼的胸口，雙膝壓住這個大塊頭的手臂。

他舉起拳頭。多尼說：「來啊，快，打我啊！」

克雷不想打他。他只是坐著，鼻血滴到多尼的襯衫上。漢克和戴夫圍在旁邊，雙方都摩拳擦掌，但是他們兩人並沒有任何打架的理由。

這件事很快就落幕了。十分鐘後，這四個男生已經在保齡球館後巷一起喝汽水，有說有笑，還互拍對方的背。

就這樣，克雷贏得驃悍的威名，耳語馬上傳遍學校。他突然之間爆紅起來。

這一對搭檔，克雷與漢克，已經升上六年級，成為校園食物鏈最上層的角色。他們又酷又強悍，而且風趣。

就因為這樣，漢克今天早上才會一直注意克雷。如果克雷突然變成好寶寶，那每件事都會不同了。

他們才剛靠近餐廳，漢克猛聞空氣裡的味道。今天的午餐是不是義大利麵？因為義大利麵可是一級棒的搗蛋材料。

克雷不只是外表看起來怪，一整個早上，他的行為舉止也非常怪。漢克只希望他們開始吃午餐時，克雷能夠回復成以前的他。

不管是哪一個他，謎底不久後就會揭曉。

10 午餐事件

克雷拿了一個餐盤，走向打菜的隊伍，同時眼光往室內掃描了一遍。

餐廳裡大約有一百五十名學生，此外還有兩位老師及導護人員。這個地方熱鬧滾滾、活力充沛，只有在小孩與大人比例為五十比一的時候，才會有這種聲勢。

克雷笑了，往日那種無拘無束、大搖大擺的腳步，也悄悄爬回他的腿。整個早上，他戒慎小心的看緊自己每個念頭及行動，到了這個時候，他突然覺得自己終於能夠再度呼吸。不妨就跟著大家放鬆一下吧！

「你看你看，」漢克一邊說，一邊指著沙拉櫃裡的綠色葡萄，「是我最喜歡的水果耶！」

克雷笑開了，點點頭說：「對啊，我也是。」

他拿了一小串葡萄放在自己的餐盤，然後舀了一整盤通心麵，拿了一小杯切丁的起司，還有一些香草布丁。到了飲料檯前，他選了一盒有機巧克力牛奶。

真是一頓營養均衡的午餐。

不過，這也可以是一批軍火。他的餐盤上滿滿都是可以吃的飛彈，是一頓可以發射的午餐。

漢克看看四周。「要不要去坐在五年級附近？」

「一定要的啦。」克雷說。

漢克拿的午餐和克雷一樣，不過他拿的甜點是綠色果凍而不是布丁。

剛開始幾分鐘，他們吞下大部分通心麵，嚼了大部分的葡萄，將甜點吃得沒剩多少，並喝光巧克力牛奶，不過他們兩個都沒有碰那杯起司。

克雷吃東西的時候保持著高度警覺。他在看霍爾老師和亞金老師，她們兩位是五年級導師，兼任午餐值勤老師。他們站在前面看台上聊天。嗯，她們並不構成威脅。至於導護人員根本沒在注意學生，他光是注意地板上灑出來的食物，就夠忙的了。

漢克首先發射。

巧克力牛奶附贈的硬塑膠吸管有一端尖尖斜斜的，於是他將一顆葡萄插進吸管的尖端，再用手指頭輕輕捏一捏葡萄，接著往後扳吸管，轉頭看，小心瞄準。

「沒問題吧？」他小聲問。

「準備好就可以發射。」克雷說。

完美的逆向發射。那顆葡萄從漢克的右肩頭上方飛出去，劃出一道弧形，好像一顆小小的綠色手榴彈。它射到一位五年級女生的臉上，她的位置距離他們有四張桌子遠。

「喂！」

她轉頭看看四周，指控了一個坐在隔壁桌的男生。

現場兩位老師都轉頭過來看看是什麼事引起喧鬧，不過風波立刻平息了，於是她們繼續聊天。

現在輪到克雷。

他叉起一小塊起司，這是他最愛的飛彈。這種起司很軟，軟到沒辦法捏，所以需要特別的發射技巧。他不碰起司，只動吸管，彎曲，停頓一下，迅速掃描四周，然後鬆手。

這次發射的力道很不錯，可以說是棒透了，但弧度完全不對。只隔了兩張桌子的距離，一個壯碩且滿頭紅髮的五年級男生，名叫托比，他的耳朵被起司飛彈打個正著，而且起司還黏住了。他出於本能用手掌拍拍被打到的地方，結果反而讓那塊軟起司塞進耳朵。

他站起來大聲怒吼，像一隻生氣的熊。接著他環顧四周，尋找攻擊者。

他直直瞪著克雷。

他指著克雷吼叫：「這不好玩，韓斯利！一點都不好玩！」

霍爾老師證實了托比的話。她在幾秒鐘之內立刻到達現場，看一看克雷餐盤裡的吸管。鐵證如山，吸管尖端沾了黏答答的橘色起司。

「去校長室報到，克雷。現在馬上去！」

亞金老師帶著托比離開餐廳，去保健室找護士幫他掏耳朵。

克雷有如大夢初醒，這才意識到自己做了什麼事——他沒有遵守對米契爾的承諾！

「拜託，霍爾老師，我很抱歉，真的。我不應該那樣做，我知道不應該，我很抱歉。從今以後我不會在午餐時間搗蛋，我保證。拜託，我不會再搗蛋了。」

老師瞪著他。「我應該相信嗎？我可以相信你說的話嗎？馬上去校長室。」

克雷站起來。他周圍的同學樂得咯咯笑。

漢克看不下去了。克雷居然求老師不要送他去校長室！這是從前那個會爽快說「好啊，沒問題」的哥兒們嗎？他居然在求情！

漢克不會明白的。假如克雷認為求情有用，他甚至願意在霍爾老師面前跪下來繼續懇求。

不過克雷明白，這些招數都無效。

於是他放下餐盤，走向校長室。

11 驚人反應

歐敏太太看著她的筆記。校長室裡的這場面談，雖然時間非常短，仍然相當非凡。老實說，這整件事情的經過實在是令人瞠目結舌。哇，克雷走進辦公室的時候，她簡直認不出他來。他的髮型改變得太過驚人！

她瞄了一眼時鐘，距離第五節課還有五分鐘。

她把筆記本立在鍵盤的旁邊，在電腦上開啟了一個新文件，開始打字。

十月二十日，星期一
下午十二點三十二分
與凱林校長的懲戒會談
陪同與記錄：柯蕾爾．歐敏
學生：克雷．韓斯利，六年級
由霍爾老師提送
犯規事項：在餐廳裡丟食物

「世界上有四百萬個兒童正在挨餓，他們如果能吃到在餐廳裡被你們亂丟浪費的食物，不知道會有多麼高興。克雷，那不僅是浪費，而且危險，一點都不好玩。這絕對不是一件好玩的事，你了解嗎？」

「是。」

「這是你這個月第五次被送到這裡來懲戒了。所以，我得打電話給你爸媽，請他們來學校開個會。」

「校長，拜託，我不想那樣，那會……會很糟。真的很糟。」

「很糟？怎麼說？」

「我……我說不出來。」

「嗯，你是不是在害怕，例如說害怕被打？關於這點，法律可以保護你，我們可以……」

「不是啦，沒有人會打我……而是我已經做出承諾，對我的大哥，可是午餐時我一時忘記，才會搗蛋。我真的很抱歉，我不想讓他知道這件事。他……不能讓他知道。除了打電話給我爸媽之外，有沒有別的懲罰方式？我一定會接受，可不可以？

我不會再搗蛋了，真的。」

「你這樣很難讓人相信，克雷。」

「我知道……可是我正在試著不要再做那些事。」

「為了你大哥嗎？」

「嗯，大部分是為了他。我……我真的會試著學好。從現在開始。真的。」

「那麼，我就相信你的話，克雷。」

「真的？哇，太好了！」

「我相信你的話，但結果如何，由你自己決定。如果你說的不是實話，那麼後果會比現在嚴重得多。」

「所以……你不會打電話給我爸媽了？」

「我應該要打的。你在十月份已經有五次違規紀錄，不過這

次我就打破自己設的規矩。我想，這次是特別例外。但是今天你必須在放學後留校。」

「嗯……這樣的話，我哥哥還是會發現我搗蛋了。」

「也對，好吧。那麼如果下次再犯，處罰加倍。如果還有下次的話。」

「謝謝，真的謝謝，凱林校長。非常謝謝您。」

「我得再說一次，克雷。結果如何，由你自己決定。」

「我知道。」

「那就這樣。你可以走了。」

下午十二點三十七分，學生回餐廳。

歐敏太太從上到下把整個檔案看過一遍，覺得這份記錄很不真實。在辦公室裡的對話其實非常有情緒張力，而且是正向交流。那短短三分鐘內所發生的事，在她電腦上能顯現的連一半都不到。她真想要多加上一些細節，例如說加個括弧，像劇作家在寫劇本那樣描寫著：

（克雷咬著嘴唇，頭垂下看著自己的手，然後又抬頭看著校長的眼睛。）

此外，克雷懇求校長不要打電話給他爸媽時，那聲音聽起來似乎真的很害怕。而且凱林校長的表情也很特別，她從來沒看過校長那麼驚訝，幾乎可以說是震驚。不過，校長掩飾得還滿好的。

還有克雷說他會試著學好之後，那一段長長的沈默。凱林校長正在決定該怎麼做，他居然一語不發的坐著那裡，長達三十秒之久！在這段時間內，那孩子的表情……真是令人難以相信，上週五那個瞪著校長眼睛，還說了一堆報紙上離奇古怪漫畫的孩子，跟剛剛那位竟是同一個人。這是怎麼了？不久之前，克雷還當面說校長是蠢蛋呢！

到底在週末的時候，這孩子發生了什麼事？

她搖搖頭。這些孩子啊，每個都是那麼與眾不同。

鐘聲響起，是第五堂課了。

歐敏太太把檔案存檔。她等一下得把這份文件印出來，拿給校長簽名。

然後，這份文件就會收錄到克雷的檔案裡。

12 膽子變小？

「嘿，小子，沒有惹麻煩吧？」米契爾從廚房拿了一根香蕉，一隻手撐住廚房的門站著。「沒有，」克雷說：「你怎麼樣？」

米契爾張開雙臂，秀出身上的工作制服。他在一家甜甜圈專賣店找到一份煮咖啡的工作。

「你以為穿這一身能夠耍什麼狠嗎？」米契爾說，然後他正經了起來，「那並不容易，對吧？」

克雷聳聳肩。「我還好啦。」

米契爾對他微笑。「好樣的。」

這是四天以來第一次，他們兩人同處一室都還醒著。

米契爾看著克雷的腳，說：「我看你稍微做了一點改變囉？」

克雷穿的鞋子是以前那雙魔鬼氈高統籃球鞋，就是白色邊緣被塗黑那雙。此外，他雖然穿了一件和哥哥去買的襯衫，但是前面的釦子沒扣，裡面穿了一件黑色T恤。

「嗯，對啊，」克雷說：「我總不能每天都穿同一套衣服上學吧？」

米契爾點點頭。慢慢的，他的眼睛瞇了起來。「對啊……你說得有道理。聽著，我要去工作了。晚餐時見，好嗎？放學後直接回家，不要跟漢克他們一夥人混在一起，了解嗎？」

「了解。再見啦。」

距離午餐丟起司事件，到現在已經有十天了。從那時候開始，克雷一直遵守著兩個諾言：一個是對米契爾的承諾，另一個則是對凱林校長的承諾。

小道消息在學校裡流傳著。韓斯利目前是因為緩刑所以不能犯錯，要不就是他的膽子變小了。

午餐事件後的第一週，六年級的每個同學都來找他麻煩，想跟他打一架。或者，是克雷自己這麼想的。

在校車上，就算是較低年級的學生也開始找他麻煩。例如托比，那個五年級大個兒，耳朵裡被塞了起司飛彈的男孩，他在遊戲場故意把克雷絆倒，讓克雷面朝下跌坐在草地上；托比和小嘍囉們還站在那裡嘲笑他。但是，克雷沒有中計。他自己站起來，拍拍身上的塵土，就走掉了。他甚至連一個字都沒有說。他沒有說：「我打賭你喜歡保健室裡的橘色棉花棒吧，對不對？嗯……整支都沾滿了起司喔！」

這一整週，克雷每天花了不少時間握緊拳頭，然後慢慢放鬆；下巴的肌肉也是。他常常覺得自己的胃好像緊到要勒死自己了。不過到目前為止，一切都在他努力控制之下沒有出事。他數著日子，一天一天熬過去。

今天是週四。

米契爾出門十五分鐘之後，克雷也出門了。他朝著兩個同樣在站牌等車的女生點點頭，她們兩人都對他打招呼：「嗨，克雷！」其中一個女生甚至還對他微笑一下，這實在讓他很驚訝，居然有人會對他稍微表示善意！

沒幾分鐘，校車停靠到站牌邊，他已經準備好去面對最糟的情

況。他登上階梯走進校車，臉上像戴起了一副面具，打算什麼人都不理，不管遭遇任何事情，也要完全不動聲色。不論衝著他來的是什麼難聽的話，還是橡皮筋，甚至是被吐口水。

他沿著走道瞄過去，看到一群五年級學生占據校車最後一排座位，他有點想重重踏步過去，讓那些小混混知道誰才是老大。不過，他只是在心裡聳聳肩，就在最前排的位子上坐下。

他一直對自己說，這一點都不重要。一樣都是校車的位子，這裡和那裡沒有什麼差別。

坐在硬板凳上隨著校車顛簸，他才領悟到自己那樣說並不只是為了讓心裡好過一點。事實上他知道，那是真的。前面的座位、後面的座位、中間的座位，真的一點差別都沒有。

整趟路下來什麼事也沒發生。沒有人對他丟東西，沒有人取笑

他，沒有人羞辱他，沒有一個人注意到他。他覺得，今天可能會是很美好的一天。

當校車開進學校大門，克雷從窗戶向外看，不禁暗叫不妙。

漢克和米勒兄弟就在校門口的人行道上等著他。

13 懷恨之人

校車發出尖銳的煞車聲，克雷步下校車走到人行道上，漢克對他揮揮手。

「嘿，韓斯利，告訴你一個消息。你知道從佛羅里達搬來的那個女生吧？愛莉說她煞到你了。我們去操場那裡看看她！」

「好耶！」多尼說。

克雷笑一笑。「聽起來不錯喔……不過我得去美術教室。」

「現在？噢，對，你還在進行那個『特別』計畫，對不對？」

漢克微笑著。克雷從他說「特別」的那種口氣中，聽出了一些不對勁。

「對啊，」他說：「戴許老師覺得我有希望可以參加比賽，所以我就衝囉。」

漢克聳一聳肩。他說：「好吧。不然我們午餐時間再去找愛莉她們好了。」

「好啊，」克雷說：「謝謝你們在這裡等我。音樂課後見囉？」

「當然啦。」漢克說。

克雷進大門時，他覺得漢克在背後注視著他。他們心裡都明白，午餐時他們不會在一起廝混了。

在這整件改造計畫中，漢克是最難處理的部分，比衣服怎麼穿還難，甚至比五年級那些人的挑釁還要難處理。他是個好人，克雷想繼續跟他做朋友，但這樣是不行的。

上週六，在克雷答應了米契爾一堆事情之後，他和漢克去看了一場科幻電影。他們坐在樓上最前面的座位。看到一半的時候，漢克開始把糖果紙丟到欄杆外面，然後是爆米花，最後則是飲料杯裡的冰塊。

一個服務人員來把他們趕出去。漢克表現出一副要跟人家打架的樣子。

克雷好不容易把他拉到外面，結果漢克卻開始推打他。最後克雷讓他冷靜下來，他們一起等米契爾開車來把他們載回家。

那種感覺就像是，漢克變得和從前的克雷一樣，甚至更兇狠。他們兩人之間的情誼開始動搖了。感覺上，他們不再是從前那樣的好朋友。

對此，克雷覺得很難受。

不過，他不是故意找藉口不跟他們去鬼混，他說要去美術教室是真的。

現在克雷大部分的空閒時間，都花在美術教室裡。

午餐起司飛彈事件的隔天，戴許老師把美術競賽的事告訴他。他說，現在開始準備是有點遲了，但是去參加比賽，畢竟是個不錯的經驗。競賽規則很簡單，十一月十日之前，每個參加者要交出一幅自畫像，不拘任何媒材或繪畫風格。這項競賽開放給貝爾登郡的五年級到八年級學生參加。評審由來自聖路易地區的大學及藝術學校的五位教授組成，他們會選出一位首獎得主，以及幾名榮譽獎。

克雷一下子就迷上了這個點子，好像在茫茫大海裡攀上一艘救生艇似的。

戴許老師給了他一張上課時間可離開課堂的證明，並且在美術教室後面安排一個地方做為他的工作空間。

那裡有一個畫架，上面放了一面正方形鏡子，還有一張畫圖桌和椅子。椅子後面的高櫃子上，掛了一張白紙，當作自畫像的背景。克雷已經在地上貼了做標記用的膠帶，這樣他就可以每次都把椅子放在同樣的位置上。他所要做的就是坐在椅子上，看著鏡子，看到什麼就畫什麼。

克雷是用鉛筆畫自畫像，戴許老師給了他一本質感高級的繪圖本。唯一令他傷腦筋的是，他得花很多時間看著自己。

他還是不太習慣自己現在這副模樣。他的頭髮比從前短，更別提耳朵還那麼突出。

但是他能理解為什麼自畫像是美術競賽的好題材。就自畫像來說，雖然每位畫家會各自創造出獨特的作品，但是每個人都會碰到相同的困難。自畫像真是個有趣的挑戰。

克雷非常認真的畫。他希望最後呈現出來的作品，能有黑白攝影的質感。

最後三堂課，他專心畫眼睛，最後終於畫出他想要的感覺。整體來說，他還挺滿意整幅畫呈現出來的效果。有時候，他甚至可以只專注在描繪線條、形狀以及陰影，而完全忘了在鏡子裡瞪著自己的，究竟是誰的臉。

他到達美術教室的時間是七點四十分，所以只剩二十分鐘可以畫，接下來就是導師時間。

「嘿，早安，克雷。」

「嗨。」

克雷站定看個清楚。在窗戶邊的那張大桌子上，擺放了十幾個小南瓜。

「那些是做什麼用的？」他問。

「今天要讓三年級同學來裝飾南瓜，明天我們要把南瓜作品放在餐廳，做為萬聖節的裝飾。」

戴許老師站在洗手檯旁邊，用一把尺攪拌一桶將近二十公升的白膠。克雷不需要問，他知道那是五年級要用的壁紙黏膠，他們要做紙版面具。

紙版面具啊……克雷還記得去年那些黏答答的舊報紙。他還記得他拿一碗白膠倒在陶德的椅子上，不知情的陶德一屁股坐下去，有夠好笑的！結果克雷因此被送去校長室，不過那太值得了……或者是說，那時候的他覺得很值得。

五年級的日子，感覺上有一百年前那麼久了。

「那麼，」戴許老師說：「自畫像進行得如何？感覺上很有進展喔。」

「對啊，我已經開始畫臉，也在畫背景了。我試著畫出我要的筆觸，還有景深。」

戴許老師轉身笑著說：「假如你需要另一雙眼睛幫你看一下，只要跟我說一聲，我隨時樂意。比賽規則並沒有規定不能接受老師的指導喔。」

「我現在還好，」克雷說，隨即又補充了一句，「不過那太好了，謝謝你。」

「很高興能幫忙。」老師轉身繼續忙著攪拌。

戴許老師已經在牆邊那排置物櫃裡留了一個位置給他，克雷拉開一個抽屜，從裡面拿出繪圖本。他從背包裡取出削尖的鉛筆和橡皮擦，跟繪圖本一起放在桌上，擺正椅子的位置，坐了下來。

可以開始工作了。

他抬頭檢視鏡子的傾斜角度是否正確。就是這樣，他的頭像完美的框在鏡子裡，看起來還是和昨天一樣可笑。

他搖搖頭，對自己的影像微微笑。他伸手拿鉛筆，同時打開繪圖本到他畫的那一頁。

克雷眨了眨眼睛。

紙張上被黑筆亂畫一通。

有十幾個以上的黑點，是用粗奇異筆畫的。

他又用力眨眨眼。

他看到的都是真的。有胡亂的塗鴉，還有兩撇醜醜的小鬍子畫在他的鼻子下面。

他握緊拳頭，右手掌中的鉛筆應聲斷成兩截。鏡子也可能會被他打破。全校的每個人都可能會被他的熊熊爆炸怒火所波及。

他很想衝出去，到遊戲場上用力揍人，不管是誰做的。他可能會把所有人都揍一遍，那些壞心眼的孩子、那些欺負他的人，還有上週那些取笑他、譏諷他的人。所有人！

當克雷氣得冒煙時，他發現戴許老師正看著他。

「你還好嗎？」

「我……是啊，我還好。我只是希望能畫得更好而已。我要從頭開始畫了。」

戴許老師對他微笑，一排閃亮的白牙與濃密的鬍子互相輝映。

「這就表示你畫得愈來愈好，因為你對自己的要求變高了。」

克雷點點頭，試著笑一個。他辦不到。

他看著被糟蹋的圖畫，耳中似乎響起了米契爾的聲音。「嘿，小子，忘了它吧？如果你去報復，只會讓自己惹上麻煩。」

對，米契爾會這麼說。

忘了它？不可能。這件事值得一場猛烈的回擊。

而且，一定會有人嘗到苦果。

14 長長的名單

克雷把那張被糟蹋的圖畫從簿子上撕下來。他把這張稍硬的紙折了兩折，塞進背包。他不要告訴任何人。不管是誰做的，他可不要讓任何人看到他為這件事生氣。

星期四這天，整個早上一直到午餐時間，克雷把怒氣藏在表面之下，這使得他的眼睛和耳朵更為敏銳。

他觀察著每個同學，看著他們的眼睛、他們的笑容；看著他們點頭，看著他們打招呼或不想理人的模樣。他仔細聆聽他們的聲音，試著找出嘲笑的意味，那種知情者所特有的「哈哈」聲調。因為，那個摧毀畫作的渾蛋，就在這些人當中看著他，嘲笑他。

午餐時，克雷獨自坐在遠遠角落裡的一張桌子，背對牆壁。從這個角度，他可以看到整間餐廳。他一邊啃著雞塊，喝著巧克力牛奶，一邊觀察。

托比看到他，洋洋得意的笑著，還對著他旁邊幾個同學說了些話。他們都看向克雷這邊，笑成一團。

那個大塊頭的紅髮男孩，成為嫌疑犯名單上的第一號。

餐廳另一頭，漢克一看到他就指著幾個女孩，對他豎起拇指。克雷差點揮手要漢克過來。如果他能幫忙查查是哪個混蛋糟蹋那張畫就好了，但是他不想讓任何人為他感到難過，即使是漢克。所以他僅僅微笑回應，對漢克點點頭。接著繼續獵人頭。

詹姆士‧羅勒站在排冰淇淋的隊伍中。他看看四周，一接觸到克雷的眼光，隨即看向別處。克雷記得一個月前他曾在體育課把詹姆士推到一灘大泥灘裡，也許他還記恨到現在。詹姆士和克雷上同一堂美術課，詹姆士也許看過他把自畫像放進置物櫃裡，所以他有動機，也有機會接近犯罪現場。詹姆士也被列在名單上。

愛莉和那個從佛羅里達轉來的女生匆匆忙忙從他身邊經過，竊竊私語。她們走過去時還回頭偷瞄他，然後笑成一團。克雷並不想指控任何女生，而且他根本也還不認識那個新來的女生。難道愛莉會壞到做出這種事嗎？難道她對什麼事感到生氣嗎？或者是有人鼓動她去做？絕對有可能。愛莉列在名單上。

從愛莉之後，名單迅速暴增。有理由報復他的同學太多了，超過十幾二十個。這幾年來，每個人幾乎都被他嘲笑過、煩過、折磨過。

難道他們不明白，他那樣做並不是針對個人？事情並不像大家想的那樣……大部分時候，他只是在找樂子罷了。

午餐吃到一半，克雷決定放棄列名單。他雖然列出很多嫌疑犯，但也只是瞎猜罷了。再說，他有權力生氣嗎？有多少次是他躲在暗處偷笑而讓別人難過、困窘或被人嘲笑？

他把餐盤端回去，看著時鐘。戴許老師曾告訴克雷，他一向在美術教室吃午餐，所以他現在就可以回美術教室，重新起頭畫一幅自畫像。

他轉身，走向通往遊戲場的門。

其實他心裡不想去，他不想看到他自己，現在不想。

也許再過一陣子吧。

15 不能搗蛋

萬聖節前一週，米契爾每天都在提醒克雷。「你應該記得你不能跟那些朋友去別人家玩『不給糖就搗蛋』的遊戲，對吧？今年不行，明白嗎？」

整整一週，克雷不停點頭，重複說著「當然，我明白。沒問題。」這些話。

如今，萬聖節真的到了，而且剛好在星期五。

隔著一張餐桌，克雷對哥哥說：「如果我只出去一個小時，只在我們家附近玩一下『不給糖就搗蛋』……我只不過是想拿點糖果嘛，這樣沒關係的，你不覺得嗎？」

米契爾瞇起眼睛。「當然，你可以在五點半到六點之間出去，只要你在天黑之前回到家，就沒問題。盡量玩吧。」

克雷準備出發上學，他重重關上門。

當然，他應該要信任米契爾，信任！信任！信任！但是相對來說，米契爾什麼時候才能開始信任他？

他可不想跟一群幼稚園小孩，連同他們的爸爸媽媽一起在那個時段去要糖果。如果是這樣，倒不如別過萬聖節。

學校裡熱鬧滾滾。在低年級教室的走廊上將舉行一場遊行，很多小孩直接把道具服穿來學校。有些老師也變裝了，其中甚至還有高年級老師。戴許老師戴著一頂超大的金屬安全帽，安全帽的兩邊

還有兩隻角，再加上他的滿臉紅鬍子，看起來就像一個如假包換的維京戰士。

克雷覺得自己是從很遠的距離外在看待這一切。萬聖節從來就不是這樣的，從前的萬聖節一直很有趣，那一週最適合在學校裡惡作劇。他和漢克也玩過幾次很精彩的惡作劇，而且，他們從來沒有被抓到過。

四年級的時候，他們把摩絲老師的數學課本黏在桌上。看她努力要把書本拿起來的樣子，實在有夠好笑！

三年級時，他們藏了幾支便宜的電子錶在教室裡。他們把手錶的鬧鐘調在萬聖節前一天，在學校舉行全國測驗的時候響起，此起彼落的「嗶嗶嗶嗶——」，把費歐芮老師弄得快崩潰了。費歐芮老師怎麼也找不到藏在金屬大書架後面的那支手錶，它每天都在九點四十七分響起，一直持續到學期結束，連同下一個學期的前半段，直到它的電池終於沒電為止。

去年的萬聖節呢，他們倆把原子筆黏稠的墨水擠出來，塗到教師休息室的門把上，接下來一整天，光是數有幾位老師手指上沾到了藍色墨漬，就讓他們樂壞了。一共有九位，噢不，如果把校長也算進去，就是十位。

在導師時間的教室裡，克雷望著窗外，回想過去萬聖節惡作劇的點點滴滴。他也回想到曾經與漢克一起去砸南瓜，還有一次和米契爾及他的哥兒們在深夜用衛生紙發動一場攻擊。

導師時間結束了，他跟著眾人走出教室。他腦子裡突然閃出一個念頭，於是赫然在自然教室外站定不動。就在昨天，有人對他惡作劇，毀了他的畫！這讓他很想報復每個人，衝出去砸毀整個鎮。

如果他今晚真的能出去，他會想要惡作劇嗎？如果他什麼也沒有做，即使天黑之後能出去玩，卻沒有一點冒險刺激，那還會有趣嗎？哎呀，不管如何，讓米契爾徹底毀了這次萬聖節，並不公平。這一點，克雷十分確定。

白天的時間一點一滴過去，他脾氣愈來愈暴躁，愈來愈憤憤不平。他決定把他哥哥看成一個討人厭的傢伙，而凱林校長根本是一個不折不扣的大蠢蛋。他認為所有變裝不過是小小孩的蠢玩意兒，戴許老師頭上那頂有角的大帽子，看起來更是呆到不行。

美術課時，他沒有動筆畫新的自畫像；午餐時間他也沒有去美術教室繼續工作。幹嘛費事呢？而且，他憤怒到想砸毀餐廳裡那些裝飾用的小南瓜。

下午的幾堂課，他都是皺著眉頭度過。別的孩子愈興奮，他就愈生氣。

在最後一堂課的下課鐘聲響起前一分鐘，突然傳來很響亮的一聲「叮」，接著是校長的聲音從廣播系統裡傳來。

「提醒各位同學，如果傍晚要去玩『不給糖就搗蛋』的話，要注意安全。記得帶著手電筒或螢光棒，過馬路時要特別注意來車。要尊重別人，不要做出會讓自己後悔的事。希望你們萬聖節過得平安愉快。」

提醒……哼，克雷會缺這個嗎？他咬緊牙關，滿臉怒容的上了校車。校車發動，慢慢往他家的方向開去，他覺得自己像是從一個監獄被載往另一個監獄。凱林校長主管白天的監獄，米契爾負責其他所有時段的監獄。唯一缺的東西，就是手銬。

校車開到托比家的那一站，托比經過克雷的座位旁邊時停了一下，看來他似乎想說點挑釁的話。不過托比一看到克雷的眼神就閉上嘴，匆忙下車。

到家之後，克雷重重踩踏進門，把新背包往地上用力一摔，直接走到走廊最後面的房間裡，用力甩上門。他把自己拋到沙發上，瞪著天花板。

萬聖節快樂。

是啊，沒錯。

16 小鬍子

「米契爾，你就讓他靜一靜吧！」韓斯利太太站在通往後面房間的走廊入口。「如果他想待在房間裡，就隨他吧。不要再吵了，有些小小孩往我們家走過來了！」

克雷沒有出來吃晚餐，也沒出去看安妮的道具服。安妮要直接穿這樣去參加朋友家的派對，然後在那裡過夜。

米契爾第三次敲了房間的門。他還試著要破門而入，但克雷用東西把房門擋住。

「我不會出來的，你走開啦！」克雷只說了這些，而且只說了一次。

時間愈來愈晚，開始有比較大的孩子來敲門要糖果。韓斯利太太心想，克雷如果聽到同學來敲門就會出來，但是他沒有。

時間剛過九點三十分，有一群年齡更大的男孩出現。其中一個掀起他血漬斑斑的鬼面具。「嗨，韓斯利太太，我是漢克啦！克雷在家嗎？」

「他整個晚上都待在房間裡，我想他應該是不舒服。」

「噢，這樣喔，那麼我可以跟他打個招呼嗎？」

「當然！」她說。

漢克走到克雷的房間，敲敲門。

「嘿！」他說：「喲，克雷，是我啦！只是想跟你打個招呼。」

沒有人回答。

漢克走回門口，看到米契爾在客廳裡。

他點點頭。「嗨，米契爾。嗯，克雷都沒有出來喔？」

「沒有。」

「那，幫我問個好，可以嗎？」

「當然。」

漢克把他的面具戴回去，然後從籃子裡拿了幾顆糖果。他喃喃說聲：「韓斯利太太，謝謝。」就走了。

來到門口要糖的小孩慢慢減少。晚上十點左右，在一大群高中生來過之後，就安靜了下來。

米契爾和他媽媽窩在沙發裡一邊看應景的恐怖電影《月光光心慌慌4》，一邊吃著剩下的糖果。

半小時後，正當電影演到蒙面殺手在偏僻的雜貨店裡意圖殺害女孩子時，突然有人敲了韓斯利家的前門。韓斯利太太嚇得跳起來，驚呼一聲。

米契爾笑出聲來，媽媽拍了他手臂一下。「不好笑！」

她一把抓起糖果籃。不過，這時候還在玩『不給糖就搗蛋』未免太晚了。

她從門上窄窄的玻璃窗看出去，然後迅速開了門。

兩位警察站在門廊，一男一女。

那位女警輕觸了一下她的警帽表示招呼。「請問你是韓斯利太太嗎？」

「是……有什麼事嗎？」

「你先生在家嗎？」

「他在自來水廠上晚班……他還好吧？跟他有關嗎？」

「不是的，太太，跟他無關。尼可拉斯街那裡發生了一件事，我們希望跟你兒子談談。」

米契爾走向前。

「我是她兒子。我是米契爾．韓斯利。」

那女警遲疑了一下，另一位警察則看看手上的筆記本。

「我們要找的是克雷．韓斯利。」他說：「他在家嗎？」

「他整個晚上都在家，警察先生。」韓斯利太太說。

「你們有搜索令嗎？」米契爾問：「他被逮捕了嗎？」

「不，他沒有被逮捕。」女警說：「還沒有。」她直視著米契爾的眼睛，「除非你是克雷的法定監護人，不然請你迴避我和你母親的談話。你是克雷的法定監護人嗎？」

米契爾搖搖頭。

她轉向韓斯利太太。「我們必須和克雷談談，只要問他幾個問題就好。」

「媽，」米契爾說：「關上門，什麼都不用說。他們沒有受邀、也沒有搜索令，是不能進來的。你不需要回答任何問題，克雷也不必。這是法律規定的。」

那女警說：「什麼？你現在變成全民大律師了嗎？」

韓斯利太太看著米契爾，又將眼光轉向那兩個警察。

「那麼……尼可拉斯街發生了什麼事？」

「有棟房子和一輛車子被蛋砸了，前門還有噴漆塗鴉。」

客廳裡的電視傳來慘叫聲和超大聲的配樂。

「那是誰的房子？」韓斯利太太問。

「屋主是艾佛瑞・凱林，就是你兒子學校的校長。」她看著米契爾。「另外一個兒子的學校。」

「門上被噴了什麼？」米契爾問。

那女警只是瞪著他，另外一位警察說話了。

「看起來好像是頭驢子。戴著眼鏡，還留著小鬍子。」

17 鐵證如山

「我要先跟我先生談一談，還有克雷，然後再跟你們聯絡。晚安，謝謝兩位。」

說完，韓斯利太太就關上門，把那兩位警察關在外面。

米契爾轉身直接走到後面，用力敲克雷的房門。

「開門，克雷！馬上開，不然我發誓會拿鏟子來把門撬開！」

「克雷，」他媽媽叫著：「開門！」

裡面傳出一陣重物在地板上拖行的聲音，接著門就開了。克雷站在那裡，襯衫又皺又亂，頭髮平貼在頭的一側。

「你到底要幹嘛？我說過我不會出來的。別管我！」

他倒在沙發上，拿一個枕頭蓋住頭。

「你整晚都在房間裡嗎？」米契爾一邊說，一邊走過去檢查那扇面對側院的窗戶。

克雷從枕頭底下冒出聲音說：「你信不信得過我？就這個簡單的問題。」

米契爾走到沙發邊，把他頭上的枕頭拿開。「回答我。你今晚有出去嗎？」

克雷冷笑著。「有啊，我偷偷溜出去了，而且我偷了一輛車，還搶了一間超商，然後放火燒學校，還用這場火烤棉花糖來吃。你是不是要聽這些？」

「不是，但是我打賭剛剛才走的那兩個警察一定很想要聽到這些話。」

克雷坐直起來，看著媽媽。

「真的嗎？有警察來？」

她點點頭。「對。有人拿蛋砸了校長的家。」

米契爾深吸一口氣。「這不是開玩笑的，克雷。他們認為是你做的。」

「你沒告訴他們我在房間裡嗎？」

「有，我說了，」他媽媽說：「但是他們還是想找你問話。」

「所以……是凱林校長叫他們來找我的嗎？」

「可能是。」米契爾說。

「但是，為什麼呢？」

「砸蛋的人也在他的大門上畫了一頭驢子。」

韓斯利太太疑惑的看了米契爾一眼。「為什麼這會讓他們想到是克雷？」

米契爾拿出他的手機開始找。「幾週前，克雷畫了一幅圖畫，校長看過那幅畫。」

他把手機交給媽媽，她瞇著眼睛看著小小的螢幕。她的眉毛都揪在一起了。「克雷，你怎麼可以這樣？」

「媽，我只是在開玩笑。凱林校長還買了那幅畫呢，他把畫掛在辦公室，是真的，連他也覺得那很好笑。」

她皺著眉頭把手機還給米契爾。「嗯，如果這是警察在萬聖節晚上來我們家敲門的原因，我一點都笑不出來。」

「唉呀，不管怎麼樣，那件事不是我幹的。我一整個晚上都在這裡啊。這是事實。」

米契爾搖搖頭。「從警察的角度來看，這不是事實，除非你能證明。」

「但是你明明知道我在這裡啊！」

「是嗎？」米契爾問。「我只知道你把自己關在這間一樓的房間；我知道這間房間有個很低的窗戶；我知道六點十五分時我跟你說過話，而現在大約是十點半；我知道我沒有看到或聽到你的任何動靜有四個鐘頭之久。以上都是事實。你說你一直都在這個房間，這是我們必須證明的事。我相信你，我真的相信，但是你說的話，加上我的證詞，並不能讓凱林校長和警察不去懷疑你。」

「那麼……我該怎麼做？」克雷說。

米契爾聳聳肩。「只能等了。如果他們認為是你做的，他們一定會再回來。」

「首先你要做的是，」他媽媽說：「吃點東西。你錯過晚餐了。」

克雷稍微笑了一下。「是啊，就這麼辦，謝謝媽。」

正當克雷吃著剩下來的披薩時，爸爸下班回家了。爸爸坐在廚房桌邊，米契爾對他解釋剛剛發生的事。

「他們認為是克雷做的？」他說：「怎麼會呢？誰都可以買到蛋呀！」

輪到克雷解釋了。「是因為校長家門上的那個圖案，幾個星期前我才畫了一幅，像漫畫那樣。校長有看到。」

米契爾又從他手機裡找出那幅圖，他把手機交給爸爸。

韓斯利先生才看了一眼，隨即捧腹大笑。「哈！你應該把這個放到網路上！」

韓斯利太太雙手叉著腰。「有時候我真的覺得你好像希望兒子們被送進監獄。聽聽你說這什麼話！拿別人開玩笑是不對的，有時候這種行為根本就是愚蠢。」

「被抓到才叫蠢。別這樣嘛，老婆，你見過那個校長啊，你比我還不喜歡他呀！」

她搖搖頭。「我的意思是，如果你對別人有惡意，別人也會如此對你，而這幅畫就是懷有惡意。現在趕快收拾收拾，該去睡了。不要再給你兒子這種爛建議！」

十分鐘後，去約會的珍妮回家了。十一點半，每個人都躺在床上。屋子裡寂靜無聲。

一片漆黑中，克雷躺在上鋪。「嘿，米契爾，你醒著嗎？」他輕聲問。

「對啊。」

「如果，校長家的這件事最後弄不好，他們會不會把我關進監獄，就是你待過的那一個？」

「不會，兩邊的組織完全不同。在狄克森有一個地方專門關小孩；而要進我去的監獄，得滿十八歲才行。不過你別擔心，不會有事的。你沒有做那些事啊，對吧？」

「對。」

一分鐘之後，克雷說：「可是如果他們找到什麼證據，對我很不利，或是我們無法解釋……如果我被送到狄克森，會被踢出學校嗎？」

「我不知道……可能會吧，但就像你說的，你什麼也沒做。他們不能證明某件不存在的事，對不對？聽著，我明天要上早班。不會有事的。睡吧，好嗎？」

「好。」

但是克雷幾乎整晚都睡在沙發上，所以他現在清醒得很，甚至要讓眼睛閉上一會兒都辦不到。

當他確定米契爾睡著了，他爬下樓梯，躡手躡腳走出房間。

他走到冰箱那裡想拿一些披薩，但是全都沒了。

他走到客廳打開電視。一過了午夜就沒有什麼節目，只剩談話節目和一些恐怖電影。他轉了幾台，最後關掉。

不久，他又打開了電視。看爛節目總比坐在漆黑安靜的屋子裡胡思亂想來得好。他開始轉台，決定看《兩傻大戰科學怪人》，這部片的搞笑成分多於恐怖，正是克雷現在想看的。

糖果籃就放在沙發前的矮桌上，他在裡面挖了又挖，找到紅色甘草糖。他撕開包裝紙，剛要咬下去就定住了。因為他聽到某個聲音。

他把電視轉為靜音，接著深呼吸一口。他手臂上汗毛直豎。有人在刮窗戶，就離他坐的地方不到十步，接著是隱隱約約的笑聲。

克雷鬆了口氣，而且微笑著。他認得那個笑聲。

他跳起來，關掉電視。他把窗簾拉開一半，解開窗戶鎖，打開窗戶。

「嘿，小子！」他悄悄說：「你差點把我嚇死了！」

漢克藏在前院的草叢裡，對著克雷咧嘴笑著。

「我正要去敲你房間的窗戶，然後看到你在這裡看電視。要不要溜出來？我們有一個大計畫。」

米勒兄弟藏在漢克左邊的陰影中。多尼悄聲說：「對啊，一定很驚天動地！」

克雷搖搖頭。「對不起，我不能去。」

「咯……咯……咯……」戴夫開始學雞叫。

「真的啦，我不能去。今天晚上，有警察來過我家。我必須待在家裡。」

「警察？」漢克悄聲說：「來這裡？你是開玩笑的吧？」

「沒開玩笑，」克雷說：「有人去凱林校長家砸蛋，還在門口畫了驢子。他們認為是我幹的。」

「但是……你不是一直在家嗎？」

「對啊，可是這一點很難證明，我哥說的，警察也在找證據。總之，我們只能靜觀其變。喂，你們最好趕快離開，以免我家人聽見你們來了。他們說不定還沒睡呢！」

「真希望你可以來。」漢克說。

「對啊，我也希望我能去。」克雷說。

「我明天會打電話給你，好嗎？」

「好啊。」克雷說，然後他微笑著又加了一句，「除非他們不准我在監獄裡接電話。」

漢克沒有笑。「再見啦！」他說。

克雷關上窗戶，鎖好。

他站在那兒一分鐘左右，看到這三個人鬼鬼祟祟走在街上。這個時候，他突然很慶幸警察來過這裡找人，這給了他很好的理由可以不和朋友們溜出去。

然而，站在黑暗中，他坦白的剖析自己。不管有沒有好理由，他仍然不會去。

18 只要好玩

隔天清晨克雷醒來，伸個懶腰打呵欠，看看放在櫃子上的鬧鐘。九點三十分。他又打了個呵欠，閉上眼睛。星期六最讚了。

接著他馬上坐起來。昨晚，萬聖節！警察在找他！

克雷穿上牛仔褲，套進一件T恤，衝進廚房。

他媽媽正在桌邊喝咖啡、看報紙，並對他微笑。

「看來你睡得不錯唷！你和米契爾是不是很晚才睡啊？」

「一點都不晚。警察那邊有消息嗎？」

她搖搖頭。「沒有。這樣最好，除非他們真的認定是你，那我一定會馬上去弄清楚，而不會坐在這裡胡思亂想。」

「對啊，我也是這樣想。」他說。

「要不要吃炒蛋和培根？」

「不，不用了。我吃一些吐司就好，然後再去除草。」入秋以來，草並沒有長多長，但除草是可以賺零用錢的工作。不管有沒有錢賺，克雷現在想做點事，再說，樹葉開始掉了，他想給院子來個大掃除，總比四處閒蕩來得好。

吃完早餐後，他走到車庫裡，把那台老式除草機推到車道上。他檢查潤滑油和汽油，然後握住發動繩使勁一拉。大概拉了十下，終於發動了。他轉身把除草機推到草坪上。這時候他才注意到街上至少有十幾個被砸碎的南瓜，灑遍整條蒙洛街。

一定是漢克、戴夫和多尼幹的，他很確定。他笑了起來，又馬上住嘴。一個月前的他如果看到這種景象，他會大笑出聲，還偷偷說：「太棒了！」

他還記得去年的萬聖節。他去漢克家過夜，大約凌晨一點，他們溜出去砸東西。他們拿個南瓜跑到街上，用力往空中一丟，等著看它快速落下，砸到水泥地面之後碎裂開來。接著他們跑到隔壁人家，再砸另一個南瓜。隔壁家的男主人穿著睡衣衝出來，追著他們跑……哇，那真是個狂歡的夜晚，好好玩喔！

是那時候覺得好玩啦。

此刻，早晨的天光透亮，克雷左右掃視這條街道，只見一片狼籍。他開始想像，當小小孩們看到自己親手刻的南瓜燈籠碎成一片躺在街上的模樣。

他聳聳肩，開始除草。來來回回推著除草機時，他心裡想著：我還會覺得這些事情好玩嗎？

他知道漢克對他的看法。漢克覺得現在的他不敢再閒晃鬼混了，覺得他怕違反規定，害怕去做一切好玩的事。

好玩，又是這個字眼。到底它是什麼意思？

除草好玩嗎？不，一點都不好玩。

不過……除完了草，卻讓人感覺很好，而且爸爸看到他完成工作會說：「做得很好！」這也讓他感覺很好。再加上可以拿到零用錢，哇，那真是太令人開心了。

那麼，在學校裡表現得好一點，這好玩嗎？嗯，不能用好玩來形容，因為那是要努力下工夫的，而且比除草更辛苦。

想到上週三的數學課，老師在發回二項式的考試卷時，一如往常，布萊頓老師會把所有得到九十分以上的同學姓名寫在黑板上。這是第一次，他的名字被寫在上面——克雷・韓斯利。

這好玩嗎？是啦，算是吧。至於其他那些名字總是出現在黑板上的同學，他們全部都轉頭過來瞪大眼睛看著克雷。看看他們的表情，那挺好玩的呢。

等他除完草，也掃完落葉，他爸爸走到外面來驗收成果。

「嗯，做得很好。」他從口袋裡拿出一疊鈔票，抽出一張十元和一張五元美金。

「不要拿去花在垃圾食物上喔。不過如果是買來分我一起吃，那就另當別論。」

爸爸每次都這樣講，每次他說完，兩人都會大笑。爸爸剛要回屋裡，卻又停住腳步，看著克雷。

「克雷，記得你媽媽昨天晚上說的話吧？她是對的。你畫的那幅畫是惡意中傷，那樣做一點也不聰明。要是你把它貼到網路上，可能會惹上更大的麻煩。別再惡意中傷別人了，知道嗎？」

「知道了。」

他爸爸重重坐在門口階梯上。「我不知道警察找你的事接下來會怎麼樣。這件事我一點忙都幫不上，我的心就像被撕成兩半一樣難過。米契爾已經被抓去關了一個月。你們任何一個孩子惹上麻煩，牽涉到法律的話，我就只能眼睜睜看著。我很心痛。假如另一個孩子又這樣的話，我不知道還能不能承受得了。我只希望一切都會沒事。」

克雷點點頭，喃喃的說：「我也是。」

他不知道還能說什麼。他爸爸以前從來沒有這樣說話過。

「嗯，我把除草機推進去好了。」

他爸爸站了起來。「好。記得清一下空氣過濾器，知道嗎？」

「我每次都有清。」

克雷把除草機推回車庫。他把過濾器的罩子卸下來，啟動空氣壓縮機。他把過濾器拿下來，用吹風嘴把黏在上面的沙土、碎草、落葉等等吹下來。接著關掉空氣壓縮機，把過濾器裝回去。做這件事的時候，他一直想著爸爸說的話。

所以……米契爾被抓去關，爸爸很難過囉？當然啦，這是一定的。當時克雷從來沒有這麼想過，大部分原因是，他爸爸向來都表現得很狂放而好鬥。他曾經吼著說那個法官是多麼不公正，也曾對律師、警察、超速照相機、時速限制這些規定咆哮了一番。他爸爸幾乎會對每件事都發牢騷。但是，在這些行為背後，原來他……他是怎麼說的？……心像被撕裂一樣的痛。

克雷把除草機歸回原位，站著不動。他看著外面的街道，還有那些南瓜。

他想像著爸爸對他的痛心。

這一點都不好玩。

19 幾乎自由了

「媽，」克雷兩腿跨騎著腳踏車，停在車道上，「我要騎腳踏車去漫畫店，可以嗎？」

媽媽走到門前。「我覺得不太好，克雷。米契爾下班回家之後可以載你去啊。」

「媽，我只是要騎去漫畫店買一本漫畫而已，用我自己的錢。我會馬上回來，不超過半個小時。如果米契爾在我回來之前到家的話，你可以跟他說我有戴安全帽，我會遵守一切腳踏車的安全守則。而且，你還可以告訴他，他可不是我的老闆。」

「我真的覺得你不……」

克雷只聽到這裡，因為他已經騎上車道走了。他用力踩著踏板，感覺風在耳邊迴旋。其實他並不是真的想要一本漫畫，他不過是想要離開眾人，自己靜一靜。

他沿著蒙洛街騎過兩條街，右轉到伊文街，接著到第十街路口時左轉。每次經過路口，他都會小心打出轉彎的手勢。

漫畫店在六條街外的布拉福街上，在第十街的南邊。劃過他身邊的風清新涼爽，十一月的天空是那麼的藍，太陽照得他的臉暖烘烘的。這幾週以來，他從未感覺到像現在如此自在愉快。

過了幾條街，他瞄了一眼路牌後，突然緊急煞車，兩腳踏在地面上。

尼可拉斯街。這就是凱林校長住的那條街。

也許……不，他根本不知道校長家的地址。

可是要認出他家也不難吧？大門上有驢子圖案的噴漆塗鴉就是了。他還真想看看。

克雷把安全帽脫下，拉起連帽運動服的帽子戴上，又把安全帽的頭帶調到最鬆，然後在連帽上再戴上安全帽。這樣雖然看起來有點奇怪，但是戴上連帽比較能隱藏住他的臉。他再度出發並且靠右騎，覺得自己好像正要進入敵區的間諜。

尼可拉斯街稍微有點下坡，其實不需要花什麼力氣就可以一路溜下去，但他不時按煞車讓速度變慢，慢慢滑行，掃視兩側的街道。這裡的房子和他家附近沒什麼兩樣，大部分是一層樓的平房，大小也差不多，而且都有一個車位的車庫。

每個街口之間的距離很遠，而他已經騎過了三條街，讓他開始懷疑自己是不是聽錯了校長家的街道名稱。等騎到第六個街口，他開始考慮乾脆回頭去漫畫店算了。他看到每戶人家的大門不是掛上一束裝飾用的玉蜀黍，就是紙做的骷髏或黑貓等萬聖節裝飾品。

此外，街道上沒什麼人在走動，只有幾個愛乾淨成癖的人仔細清理著每一片落葉；一個銀髮老太太站在梯子上清車庫屋頂的排水管，還有一個男人開著巨大除草機在小小的前院除草。

當他經過第三街，看到前面有個穿著舊運動服的男人在他家門前撿拾碎裂的南瓜塊。難道漢克和米勒兄弟也跑到這麼南邊的區域來嗎？不，應該是其他喜歡聽南瓜砸碎聲音的傢伙做的。克雷繼續往街道的兩邊掃視，他沒有看到被蛋砸過的房屋或車子，也沒有看到被噴漆的大門。

他騎著腳踏車滑行經過那個撿南瓜的男人身旁，克雷認出他身上那件運動服的標誌，那是紅雀隊的棒球運動服，和克雷身上的一樣。他笑了起來，正要開口對那男人大喊「紅雀隊加油！」時，看到了他的臉。是凱林校長。

克雷迅速把頭轉向旁邊，瘋狂踩踏板，迅速前進。過了半個街區他才慢下來，看看前後方有沒有來車，然後掉轉車頭，騎到對面車道。他停了車，右腳踩在人行道上。

他往回張望，看到凱林校長站在他家門廊上，一手拿著一個小桶子，另一手拿著刷子。他在油漆前門。

克雷第一個念頭是離開這裡，盡快離開。

但是，何必呢？他不是已經和校長面對面好多次了，而且都是在他確實犯錯的情況下啊？

何況這次不同。這一次，無論如何，克雷要讓凱林校長知道他是無辜的。

他慢慢騎回去，胸膛裡心跳加速如鼓聲咚咚響著。這到底是他這輩子做過最勇敢的事，還是最愚蠢的事？

不管是哪一種，他已經決定要這麼做，而且必須這麼做。

20 犯罪現場

克雷騎到凱林校長家前面的人行道上。他家車道的地面還很溼，澆花用的水管和水桶放在一輛灰色小貨車旁邊，有一些白色的蛋殼被水沖到人行道上。

他在南瓜殘渣之間迂迴前進，右轉騎上了校長家前面的走道。只差十五步的距離，凱林校長正在大門上塗第二層的白色油漆。

克雷隱約可以看到被噴在大門上的驢子圖案。那是用紅色噴漆畫的，除了眼鏡和小鬍子應該是黑色。看來，大概得要用三層油漆

才能蓋過這個塗鴉。

他停下來，煞車發出一絲尖銳的聲音。校長沒有回頭，手裡的油漆工作也沒停下。

克雷還沒說話，校長就開口了。「我想剛剛那應該是你騎車經過，克雷。你加速之後，我就更確定是你。」

他還是背對著克雷，又刷了幾下，才將刷子橫放在油漆桶上，轉身對著克雷。他從門廊往下看，眼睛裡沒有一絲溫暖。他說話的聲音更是冰冷。

「所以你回來犯罪現場囉？人家說，犯人通常會忍不住想重回現場。」

在學校的時候，校長生氣的樣子，對克雷來說只是覺得好笑，看著他的臉就忍不住要笑出來。現在，校長看起來比在學校的時候更嚇人一百倍。

克雷吞了吞口水，好不容易吐出來的前幾個字，音調卻高亢又尖銳。

「我……我看到你的時候很害怕，但是我回來了。我回來是因為，我想自己來跟你說，我沒有做。我沒有……」

校長舉起手阻止他說下去。「你說你沒有做，但是你確實有這個嫌疑，甚至可能就是你做的。」他看著門板點點頭，「這個圖案一看就知道是你畫的。」

「這，該怎麼說呢……」克雷說：「在這裡畫的那個人，其實畫得很差。總之，我昨天晚上根本沒離開過我家。我的意思是……如果我從來沒畫過那幅畫，就不會有人模仿我來畫在你的門上，所以，我很抱歉，但昨晚真的不是我做的。我不會這樣做，我……我真的沒有。還有丟雞蛋，我也不會那樣。去年，甚至是上個月，我可能會，可是從前幾週開始，我就不會了。我說的是實話。」

凱林校長的眼睛瞇了起來。「那你是怎麼知道的呢？你還知道我家被丟了雞蛋？如果你沒有做，那一定是從做的人那裡聽來的。」

克雷搖搖頭。「警察昨晚來我家跟我媽和我哥說，是他們兩個告訴我的。他們會來我家，應該是因為你跟他們說可能是我。」

凱林校長點點頭。「他們問我知不知道可能是誰做的，我首先就想到你，所以我就告訴他們了。」

克雷腦袋裡升起一個疑問，他皺起眉頭。「但是……那次我在午餐時間丟起司之後，我在你辦公室裡說過，我不會再搗蛋了。你說要相信我的，記得嗎？」

「當然我記得。」

「那麼昨晚……你認為我違背了自己的諾言，是嗎？」

「我……我昨晚很生氣，而且看到門上這幅畫，看起來和你做過的事情很像。克雷，我畢竟是一路看著你過來，跟你經歷過這麼多事件。直到最近，我們……我們的溝通才終於有一點進展。」

校長停頓，他的小鬍子抽動了一下。「告訴我，」他說：「你想想看有幾個人看過你那幅畫，除了你和我之外？」

克雷想了一下。「美術課班上的每個人都看過，還有漢克·包爾斯和一些在走廊上遇到的同學。加上我哥哥和我爸媽。而且，我猜很多美術課的同學會跟他們的朋友形容這幅畫。應該很多人都知道。還有，歐敏太太也看過。」

「這……」校長說：「我想我們可以很確定，歐敏太太不會這樣做吧。」

這句話讓他們兩個都笑了。

凱林校長走下階梯，和克雷站在同一層地面上，沒有像剛才那樣高高在上。他看著克雷說：「我相信你一直遵守著對我做出的承諾。昨天晚上我懷疑過，但是現在我確定昨晚的想法是錯的。我會打電話跟警察說，你沒有嫌疑。」

他伸出右手，克雷也伸出手握住，誠摯的看著校長的眼睛。

「克雷，我想謝謝你這麼有勇氣過來告訴我這些。很抱歉我的疑心讓警察去你家問話。這一定讓你爸媽很難過，還有你哥哥。」

克雷點點頭。「對啊，我想我爸媽昨晚都沒睡好。」

「我也沒睡好。你呢？」校長問。

「我？」克雷笑了。「我知道我沒有做錯事，我睡得很好呀。」

21 戰鬥到最後

第二節課才上到一半。星期一的上午有下雨，這表示體育課必須在室內上。體育課的最後一個活動是躲避球，經過了十分鐘的激烈廝殺，克雷是紅隊最後一個選手，而漢克是藍隊最後一個留在場內的倖存者。

漢克繞到右邊，克雷迅速退到左側。他可不敢招惹他朋友那隻孔武有力的右臂。

三分鐘之前，除了漢克之外的藍隊選手都被打出局了，只剩下漢克獨自一人面對六個紅隊選手。

漢克兩手各拿著一個球❶，並阻擋了所有向他身體攻過來的球，還跳起來閃過對準腳的一球。他巧妙的迴旋閃躲，避開每一球的攻擊。光是用他的右手臂丟球，就讓紅隊選手紛紛出局，他就像單人特警隊那麼神勇。

現在，場上只剩下漢克和克雷，看來這場硬仗已經打到尾聲。克雷沿著邊線跑，做出好像要攻擊的假動作。漢克上鉤，丟出一記強勁的球，但是有點偏高。克雷感覺到一陣空氣劃過，因為那一球幾乎削過他的頭頂。

「嘿，不可以打頭！」葛蘭老師叫喊著：「我要看到你們的運動家精神！」

漢克匆忙去抓了另一顆球，當他蹲下來時，克雷發動攻擊。他這一記球本來是正中目標，但是漢克迅速趴到地上，球出界了。

漢克衝到中線，他以為克雷會後退，但是他沒有。僅僅距離十五步，他們兩人都使勁拋出一球。那兩顆球撞在一起，然後各自彈開，滾出場外。克雷跑回去要再拿球，可惜全都不剩了。

「找球嗎？」漢克大聲喊著。

他輕鬆的往中線走去，左臂下面夾了一顆球，手上還一邊運著另一顆球，像在運籃球那樣。「要穩穩接住喔，我不會打痛你的。」

克雷笑了，大大張開雙臂。

漢克迅速做了準備投球的動作，射出一記瞄準膝蓋的火箭球。克雷往旁一跳但是眼裡還提防著第二顆射過來。雖然他看到球要過

❶躲避球在美國與加拿大的玩法與規則和臺灣不同。美式躲避球的場中可以同時使用三顆以上的球，並且不分內外場。

來了，卻無計可施。這是漢克致命的側投絕招，從胸膛高度飛過來，而且時機正好，讓克雷無法保持平衡。這記絕招球打中他的左肩膀，克雷被打得坐倒在地。

球勢未歇，那顆紅球彈到空中超過七公尺高。克雷還坐在地板上，仰望半空，鎖定球的來勢，向後挪動，伸出手把球接個正著。

兩隊人馬爆出如雷歡呼，葛蘭老師哨子一吹，大聲叫著：「紅隊勝利！精彩的比賽！各位！真是精彩！現在離下課還有五分鐘，大家一起收拾場地。」

漢克走過去伸出手，拉克雷一把。

「這球能接住算你走運，韓斯利。」他說。

「對啦，」克雷說：「輸的人都這麼說。」

漢克笑了，搥了一下克雷的肩膀。

「嘿，」克雷模仿葛蘭老師的語氣說：「運動家精神，運動家精神！」

因為有很多同學已經在收拾球場上的圓錐和球，所以克雷和漢克把他們身上的彩色背心交出去後，便走到看台上拿背包。他們坐在一疊藍色和黃色的墊子上，等待下課鐘響。

「說真的，你今天真是殺遍天下無敵手啊，」克雷說：「榮譽動章非你莫屬，真的。」

漢克笑了。「你也不賴啊。」他清一清喉嚨，停了一下，又清清喉嚨。「對不起，我沒打電話給你。就是，萬聖節晚上的事。警察那邊有消息嗎？」

克雷搖搖頭。「沒有。事情就這樣過了。」

「真的？」

「對啊，」克雷說：「星期六，我騎車去凱林校長的家。」

「不會吧？結果怎樣？」

克雷聳聳肩。「沒什麼啦。我只是跟他說我沒有做，他相信我，然後他打電話給警察說不追究了。就這樣，故事結束。」

「這太好了。」漢克說。

「是啊，我也很高興沒事了。」

漢克用腳後跟撞了墊子大約有六、七下，然後停住。他深呼吸一口氣後，開始低聲且急切的說話。

「克雷，那件事是我做的。戴夫和多尼也有份，不過是我出的主意，但我並不是有意要害你惹上麻煩，真的。那只是……胡鬧罷了。門上的噴漆，只是想搞笑而已。如果我有想到可能會牽連到你的話，就不會那樣做了，真的。」

克雷沒說話，過了一陣子，他說：「別擔心，我知道你不是要陷害我。」他停了一下，接著說：「不過，說真的，我有想過可能是你做的。」

漢克轉頭看著他。「真的？怎麼說？」

克雷笑了。「因為那很像我會做的事，而你是唯一一個和我一樣瘋的人。」

漢克笑一笑，然後他補上一句：「你是說，跟你以前一樣瘋吧？」他的表情突然黯淡下來，眼睛看著地板。「我很想用力砸下去，如果我能砸到他本人，那就更好了。我不知道那個人為什麼會讓你這麼煩惱，不過他真的很過分，對吧？是凱林害你變成這樣的，什麼都變了。」

「什麼？不是啦，」克雷說：「才不是那樣。其實是我哥米契爾啦。他從牢裡出來，回到家後完全變了樣。他說我不可以再惹麻煩，是他押著我去剪頭髮，還有……」

「米契爾？他被關了？」漢克瞪大眼睛看著他，「你怎麼都沒跟我說？」

克雷聳聳肩。「對啊，嗯，我媽說不要跟人家講，不過我以為每個人都知道了，因為報紙有登。」

漢克說：「所以，放學之後不能鬼混……」

「是米契爾說的。」

「萬聖節晚上不能出來……」

「也是米契爾，」克雷又說：「還有，把作業寫完、穿得像個呆子，這些都是米契爾的主意。」

「是喔……」漢克慢慢的說：「但是這樣也有一陣子了吧。米契爾又沒有牽著你的手，逼著你每一秒鐘都要當乖寶寶。其實……你自己也想要這樣吧，對不對？」

「是啊，我想是吧。」克雷說：「跟我自己也有關係。我是說，人還是可以不用胡鬧就過得開心，對吧？」

「如果你要這麼說的話。」

「真的啦。」克雷說。

漢克翻了個白眼。「噢，所以現在你是超級萬事通，你想通了所有事情，是吧？」

「不，」克雷說：「不是所有的事。例如說，我們兩個還可以一起玩嗎？這個問題我就不知道。」

「所以……」漢克說：「誰來決定這件事呢？米契爾嗎？」

克雷大笑起來。「你不要跟我裝傻啦，漢克。你明明知道這是誰來決定的。」

漢克笑了，接著又揚起一邊眉毛。「那……今天中午要不要一起吃飯？」

鈴聲響了，他們兩個都站起來。

「呃，其實……」克雷正要繼續說，漢克插嘴。

「噢，對，那件事，」然後他笑笑的說：「嘿……幸好我想起來了。看看這個。」

漢克伸手進衣服口袋，拿出兩支很貴的繪圖鉛筆交給克雷。「我在我家找到這些，是我姊的，但是她說可以給你，如果你想要的話，可以用來幫你完成那個計畫。」

克雷看著這兩支鉛筆，又看看漢克。漢克臉上閃過一個奇怪的表情，但半秒鐘就消失不見。

克雷馬上明白了，他明白漢克為什麼要這麼做。他想彌補做過的事，在美術教室裡，是他毀了那幅自畫像。

克雷緊咬著牙齒。一股怒氣湧上使他整張臉都變紅，他差點尖叫：「還我的畫來！」只要兩秒鐘，他就可以將手上的鉛筆折成兩半，並且重捶漢克的肚子，把他打倒，對他大吼，說他這個朋友真是有夠爛。

但是他沒有。

他一直看著漢克的臉，深呼吸一口氣，然後微笑。

「真的？」他說：「我可以拿嗎？這種鉛筆比我現在用的好多了。太棒了，謝謝。」

「不用謝啦！」漢克說。

「聽我說，」克雷說：「我想今天中午不要去畫畫了，所以，我們一起吃午餐吧。」

漢克笑了。「好啊，」他說：「那，音樂課後見囉。也許午餐後我們到操場再打一下躲避球。聽起來很好玩吧？」

「絕對好玩，」克雷說：「太棒了。」

尾聲

十一月底的感恩節過後沒多久，歐敏太太注意到，被送到凱林校長辦公室來懲戒的學生，似乎比較沒有那麼怕校長了。沒有人當場哭出來。

她知道這是為什麼。那一幅克雷畫的圖，校長把它裱了框，就放在他辦公桌後面的檔案櫃上。因為能夠懂得自嘲的人，其實並不可怕。

克雷遵守他的諾言，接下來整個六年級的時光，他再也沒有被送到校長室。歐敏太太很為他高興，不過她很想念這孩子從前常常來報到的樣子，她也很想念在他的資料夾上一點一點增加記錄的感覺。那可是她的大作呢！她覺得自己的速記技術開始有點荒廢了。

在學期結束前一天，歐敏太太開始檢查所有六年級畢業生的個人檔案夾。她把六年級的年度評量報告加進去之後，就把學生檔案一個個收進大紙箱裡，所有的檔案大概需要三個大紙箱來裝。學區的運送貨車大約到八月才會來把這些紙箱送到國中去，但是歐敏太太向來相信，早一點做比晚做來得妥當。

整個早上，電話沒幾通，整棟建築幾乎都空了，因為孩子們和老師都去遠足了。這樣她才可以專心做事，而且工作效率會特別高。當凱林校長在午餐時間進辦公室聽留言的時候，她只有一個問題要問他。

「校長，你可以幫我看看這份檔案夾嗎？我只是想確認文件都有按照順序放。」

校長推推眼鏡，一頁頁翻看著。「我看看……健康記錄表、緊急聯絡電話、考試成績、住家、出生證明、年級評量報告，我看很好啊。你認為有什麼問題嗎？」

「沒有，校長，我只是想確定一下而已。現在呢，你有三通留言，有一通可能得要在午餐前處理。」

凱林校長進到他的辦公室，關上門，歐敏太太繼續整理檔案，然而她遇到了一點困難。她的眼眶充滿淚水，她得眨眨眼把眼淚逼回去才能繼續工作。她微笑著，心想：誰想得到校長竟然會讓我掉眼淚呢？

不知為何，克雷・韓斯利的檔案縮水了。從前囤積下來幾十張的記錄、打字稿、抱怨及轉介表格，這些六年半以來惹出的麻煩，全都從他的永久學生檔案夾裡消失了。他會帶著一個乾乾淨淨的記錄上國中。

除了一些基本資料之外，只有一張紙被加進克雷的檔案裡。那是一張淡綠色的紙張，是學校十二月份的通訊刊物。上面有一段文章被圈了起來：

楚門小學的學生獲頒繪畫榮譽獎

在此很高興宣布，六年級學生克雷・韓斯利最近獲得全郡繪畫比賽的榮譽獎。這次比賽，共有兩百多名五到八年級學生提交了自畫像以供評選，最後選出一名首獎、三名榮譽獎。我們為克雷感到驕傲。以下是比賽評審的評語：

除了具備如同攝影般寫實的精細鉛筆素描技巧，克雷・韓斯利以幽默及富有張力的手法，在這幅傑出的自畫像裡呈現了兩個臉孔。他手裡拿著一張剛摘下來的面具，最有趣的是，明顯可以看出面具畫的其實是同一個男孩的臉，只不過加上了驢子的長鼻子和長耳朵。

國家圖書館出版品預行編目（CIP）資料

就愛找麻煩 / 安德魯 ・ 克萊門斯 (Andrew Clements) 文；周怡伶譯；唐唐圖 ,-- 二版 . –
臺北市：遠流出版事業股份有限公司 , 2025.02
面；　公分 . – (安德魯 ・ 克萊門斯；10)
譯自：Troublemaker
ISBN 978-626-418-087-0（平裝）

874.59　　113020088

安德魯・克萊門斯 ⑩

就愛找麻煩
Troublemaker

文／安德魯・克萊門斯　譯／周怡伶　圖／唐唐

主編／林孜懃　特約編輯／陳采瑛　內頁設計／丘銳致
行銷企劃／鐘曼靈　出版一部總監／王明雪

發行人／王榮文
出版發行／遠流出版事業股份有限公司　台北市中山北路一段11號13樓
電話：(02)2571-0297　傳真：(02)2571-0197　郵撥：0189456-1
著作權顧問／蕭雄淋律師
輸出印刷／中原造像股份有限公司
□2011年10月1日 初版一刷　　□2025年2月1日 二版一刷

定價／新台幣300元（缺頁或破損的書，請寄回更換）

ISBN 978-626-418-087-0
遠流博識網 http://www.ylib.com　E-mail:ylib@ylib.com
遠流粉絲團 https://www.facebook.com/ylibfans